내가 감히 너를 사랑하고 있어

내가 감히 너를 사랑하고 있어

강지혜 에세이

딸이 딸에게 전하는
끝끝내 내 편이 되어줄 이야기

위즈덤하우스

어머니에게서 나로, 나에게서 딸로

세상일이 모두 마음먹은 대로만 된다면 얼마나 좋을까. 하지만 우리는 알고 있다. 인생은 녹록지 않다는 걸. 평안한 일상이 이어진다 싶다가도 생각지도 못한 곳에서 대차게 자빠져 무릎이며 얼굴에 심한 찰과상을 입는 날도 있는 법이다.

나 역시 그런 날이 있었다. 마음을 크게 다쳤고, 당시 경험한 심리적 고통이 너무 심해 신체화 증상이 나타났던 때. 숨이 제대로 쉬어지지 않고 부정적인 생각만이 나를 집어삼킬 것처럼 느껴졌다. 두통, 불면, 식이장애, 이명 등이 한꺼번에 발생했다.

그 순간에서부터 다시 일상으로 돌아오기까지 꽤 오랜 시간이 걸렸다. 그 와중에도 생업을 하며 지내고, 육아도 하고 있으니 다른 사람들 눈에는 그럭저럭 생활을 유지하는 것처럼 보였을 테다. 그래서 괜찮아 보였을지도.

그러나 나의 내면은 전혀 그렇지 못했다. 내 안에는 무기력이 흘러넘치고 있었다. 모든 것을 내팽개치고 싶었다. 일상이 굴러가게 하는 일은 어떻게든 해내겠는데, 도저히 글이 써지질 않았다. 어쩌면 살아가다 보면 겪을 수 있는, 누구나 한 번쯤 경험하는 일이었는데 그렇게 오랫동안 글을 쉬게 될 줄은 몰랐다. 마음을 다쳤던 그 순간, 나의 내면이 완전히 구겨졌던 것이다.

구겨진 것을 펴려면 일단 그것을 눈앞으로 가져와야 한다. 하지만 당시의 나는 종이 한 장을 눈앞으로 옮기는 일조차 할 수 없었다. 그 간단한 동작을 할 힘이 나에겐 없었다. 나는 왜 이렇게 나약한가. 다 그만두고 싶다. 도망가고 싶다. 술이나 퍼마시고 잠이나 자고 싶다. 내가 나라는 것을 잊을 수 있다면. 나라는 존재가 없다면. 세상은 뭐고, 나는 다 뭐냐. 나는 나 자신조차 건사하기 어려운데. 그럼에도 내가 돌봐야 하는 존재들이 있다. 버겁다. 더 이상 버틸 수가 없어. 익숙한 이 느낌. 이 '쎄'한 느낌이 무엇인지 알고 있다. 비상사태다.

매년 한 살씩 나이를 먹으며 좋은 점은 자신에 대해서 조금씩 더 잘 알게 된다는 것이다. 지금껏 내가 파악한 바로는, 나는 혼자 힘으로는 이 무기력에서 헤어 나올 수 없는 사람이다. 나는 혼자서 이 고통을 이겨낼 만한 내면의 힘이 없다. 그런데다가 지금 많이 지쳤고, 많이 아프다.

그래서 다시 상담을 받기 시작했다. 자꾸 피곤하고 목이 칼칼하면 의원이나 가정의학과, 이비인후과에 가는 것처럼. 지금 나에게 필요한 것은 내가 안전하다고 느끼는 누군가에게 내 이야기를 하는 것. 나의 무기력을 고백하고, 어려움을 토로하고, 힘들다고 말하고, 조금 또는 많이 우는 것. 그리고 결국 그 이야기를 글로 써내는 것.

나도 안다. Love Myself. 나 자신을 사랑해야지. 하지만 나 약하고 무기력한 나를 좋아하기는 좀처럼 쉽지 않다. 나로서 30년을 넘게 살아도 잘 안 되는 일이다. 앞으로 30년쯤 더 살아내면 그때는 나를 사랑할 수 있을까?

글쎄. 우리는 누구나 강하고 멋지고 아름다운 존재를 선망하지 않나. 그러니 남의 눈치나 보는 소심하고 찌질한 나를 그 자체로 사랑하는 건 요원한 일이다. 나는 다만 나를 알아갈 뿐. 그리고 깨닫는 거다. 음, 나는 이 부분이 취약하군. 나는 여기를 맞으면 일어설 수가 없군. 그럴 때는 좀 잡아달라고 최대한 빨리 손을 뻗어야겠어. 그렇게 맞잡은 손의 온기를 꼭 기억해야겠어. 그리고 그걸 기록해두자. 나를 잘 운용하는 법을 써두는 거야. 나는 기억력이 좋지 못하니까 보면 바로 떠올릴 수 있도록. 그래서 다음에 또 이렇게 아플 땐 조금 더 빨리 낫기 위해.

완전히 구겨진 종이를 가져와 책상 위에 올려두고 손바닥을 펼쳐 종이를 좍좍 편다. 구겨진 종이를 펴본 적이 있는 사람이라면 알 수 있을 것이다. 구겨진 종이를 펴면 아주 부드러운 상태가 된다. 여기 쓰인 글들은 전보다 부드러워진 종이 위에 적은 것들이다. 스스로를 잘 모르겠는 내가 나를 알기 위해 분투했던 이야기들. 어쩌면 이건 나 자신을 키우며 쓴 육아 일기일지도.

나는 내 딸인 당신을 키우면서 육아 일기를 쓰지 않았다. 사는 게 바쁘고 팍팍해서였을까? 그도 그랬지만 실은 나는 나라는 존재를 이해하는 것도 어렵고 버거웠다. 나를 알아가는 건 하기 싫은 때가 더 많았다. 왜 굳이 나 자신을 잘 알아야 하나, 그냥 살다 보면 살아지겠지. 그러나 당신을 키우는 것은 달랐다. 당신의 성장이 나를 키운다고 느낄 때가 많았다. 당신의 욕구와 울음을 보며 나의 어린 시절을 떠올렸고, 당신이 무심코 던진 아름다운 말 속에서 나의 현재와 미래를 보았다.

내가 쓴 시, 다른 이들이 쓴 글 속에서 나와 내 딸인 당신, 그리고 어머니를 느꼈다. 나는 딸이자 어머니이고, 그렇기에 내 어머니에게서 나로, 나에게서 당신으로 이어지는 아프고 찬란한 인연을 감각했다. 세상의 모든 책은 그 나름대로 가치를 지녀 다 아름답고 좋았으나 특히 나를 옴짝달싹하지 못하게 한 문장들이 있었다. 그 언어들 틈에서 나는 조금씩 쉬었다. 그곳에서 나는 나의 유년과 육아, 노년의 당신까지 모두 내려놓고 조금, 아니 많이 울었다. 그때마다 구겨진 곳이 조금씩 펴지는 느낌이었다.

이 책은 육아 일기를 쓰지 않는 자의 육아 일기다. 이 이야기들은 당신을 향해 있지 않고 나를 향해 있다. 그러나 바로 그 이유로, 이 책을 당신에게 바친다. 나를 통해 세상에 나왔으나 나와는 완전히 다른 사람인 당신에게. 언젠가 마음이 돌이킬 수 없을 것같이 구겨질 때, 당신 자신에 대해 하나도 아는 것이 없어서 괴로울 때, 이 책을 펼치길. 여기 있는 마음들을 꼭꼭 씹어 삼키길.

나는 당신이라는 작고 강한 존재를 사랑하며 앞으로 나아 갔다. 당신은 감히 내가 상상도 할 수 없는 강인한 힘으로 나를 붙잡았다. 그렇게 끝끝내 일어서게 해주었다. 그래, 우린 아직 조금 더 걸어야 하니까. 모쪼록 이 책이 당신을 움직일 열량이 되기를. 당신이 걸어가는 그 길, 당신의 모든 걸음, 그 모든 순간을 열렬히 응원하며.

차례

3부 작고 소중한 내 딸, 나를 키운 건 너야

1부

딸이
딸에게 건네는

오답 노트

사람들은 새 생명이 세상에 태어나는 것을 보고 여러 가지 상상을 해왔다. 어떤 문화에서는 아이가 스스로 부모를 선택해서 태어난다고 믿기도 하고, 어디에선가는 그저 끝없는 우연에 의해 모든 것이 결정된다고 말하기도 한다. 어쩌면 '탄생'은 인연의 '과정' 중에 있는 일이기도 하고, 수없이 많은 영향을 주고받은 일들에 의해 나타난 '결과'이기도 하다. 내가 딸로 살아가고 있는 것은 과정일까, 결과일까?

아직 태어나지 않았던 나는 내 부모의 자식으로 태어나길 바랐을까. 내게 일어나게 될 일들에 대해 각오가 되어 있었을까? 딸을 낳고 나는 엄마가 되었다. 내 몸을 통해 세상에 나온 아이를 품에 안은 나는 몹시 궁금했다. 너는 나를 선택했을까? 순전한 우연으로 우리가 만난 것일까? 그 어떤 질문에도 답은 없었다. 그저 나는 언제나 딸이었고, 엄마가 되었고, 딸을 낳았다는 사실만이 덩그러니 있을 뿐이다.

딸이었던 시간 속에서 바라본 부모의 모습은 이해할 수 없는 것투성이였다. 나와 부모가 살아온 세상이 달랐고, 우리가 각기 경험한 고통이 달랐으니 당연한 일이라 생각했다. 이해할 수 없지만 내 부모니까, 받아들였다. 그리고 엄마가 되어보고 깨달은 것이 있다. 부모의 생각보다 아이는 부모를 훨씬 더 사랑하고 있다. 부모를 사랑하기에 그 사랑이 나를 떠날까 두려워하고, 사랑하기에 부모에게서 받은 고통을 덮어두기도 한다.

딸이었던 나는 혼자서 아이를 키우는 아버지와 자식들 곁을 떠날 수밖에 없었던 어머니를 이해해보려 부단히 노력했다. 부모이기 이전에 한 인간인 그들, 그들의 사무친 외로움을 안아주고 싶었다. 그러나 그럴 수 없었다. 그러면 안 되는 거였다. 자식은 부모의 아픔까지는 몰라도 되는 거였다. 애쓰지 않아도 괜찮은 거였다. 슬픈 실패를 기록했다. 지난 일들을 없앨 순 없다. 다만 우리끼리 보는 '오답 노트'처럼 살펴보기를. 스스로에게 가장 소중한 것이 무엇인지 잊지 않을 수 있기를.

아빠도 결국
아무것도 모르잖아

아버지가 어머니와 헤어졌을 때는 몇 살이었을까. 처음으로 계산해봤다. 마흔한 살. 아버지가 지금의 나보다 다섯 살정도 많았다. 생각해보니 참 젊은 시절이었다. 요즘의 마흔한 살과 아버지가 마흔한 살일 때의 사회적 분위기가 많이 달라졌다고는 하나, 그때나 지금이나 마흔한 살은 젊다.

나는 내 스스로 바닥을 쳤다고 생각할 때마다 아버지를 떠올린다. '꼴사나운 모습이 꼭 아버지와 닮았군' 하고. 나는 여러 면에서 아버지와 많이 닮았다. 이기지도 못하는 술을 좋아하고 절제하지 못하는 것, 물건을 잘 버리는 것, 하루에 한 번이불을 털지 않으면 속이 답답한 것, 사람을 좋아하는 것, 그만큼 사람에게 상처를 잘 받는 것, 상처를 받으면 잘 잊지 않는 것, 자신의 허물 역시 잘 잊지 않는 것, 그래서 스스로를 좋아하지 않는 것, 어떤 신념에 잘 물드는 것, 말이 많은 것, 그러다 보니 말실수가 많은 것, 손가락에 타투를 새긴 것까지.

몇 해 전 손가락에 아주 작은 타투를 새기고 나서 불현듯 아버지도 손가락에 문신이 있다는 사실을 기억해냈다. 어쩌자고 이런 것까지 닮는단 말인가. 나와 아버지는 기질적으로 비슷하다. 예민하고 강박적이고 불안한 기질을 타고났다. 나는 몇 해 전 심리상담을 받기 시작한 후부터 스스로를 돌아보면서 나의 기질적 어려움을 깨달았다. 내 내면을 돌보는 과정을 통해 나의 성격과 불안, 기질에 대해 확실히 인지하게 된 것이다. 그 과정을 통해 나는 아버지와 매우 닮았다는 걸, 더 잘 알게 되었다.

내가 기억하는 바에 따르면 아버지는 어머니를 매우 사랑했다. 아버지는 나와 동생 역시 매우 사랑하고 아꼈다. 그러나 그의 방식은 어딘가 조금 비뚤어져 있었다. 그는 그의 보호자에게 제대로 된 사랑을 받아본 적이 없었다. 한 인간의 인격이 형성되는 시기에 보호자에게 '올바른 사랑'을 받는다는 건 중요하다. '올바른 사랑'이라는 게 도대체 무어냐 물으면 한마디로 대답할 수 없을 것이다.

하지만 '제대로 된' '올바르고 건강한' 사랑은 분명 존재한다. 사랑하는 대상을 소유하지 않는 사랑, 그 자체로 존중하는 사랑, 그 사랑으로 인해 내가 파괴되지 않는 사랑, 나를 침범하지 않는 사랑, 나를 지키며 타자에게 주는 사랑. 그런 사랑을 받지 못해서 아버지는 그런 사랑을 주지 못하는 사람으로 살았다. 보고 자라지 못했기 때문에 어떻게 사랑을 주고받아야 하는지 상상할 줄 모르는 상태로 자라난 것이다.

그러나 그것은 일그러진 사랑을 주는 것에 대한 면죄부가 되지 못한다. 어린 시절 보호자에게서 올바른 사랑을 받지 못한 사람이라 할지라도 많은 사람이 사랑을 나눌 줄 아는 사람으로 성장한다. 생물학적 부모가 아닌 다른 보호자에게서도, 사회에서 만난 관계 속에서도, 심지어 아름다운 이야기 속에도 분명 사랑을 가진 이들이 있고, 그들에게 그 사랑을 배울 수 있다. 나는 사랑이 학습되는 것이라 믿는다. 학습하면 상상할 수 있다. 상상 속에서 우리는 자유로워질 수 있다. 그러나 내 아버지는 그런 사랑을 배우지 못했다. 그럼에도 남편이 되었고, 아버지가 되었다.

아버지는 어머니와 이혼한 뒤 빠른 속도로 무너져 내렸다. 원래도 술을 자주 마시던 사람이었다. '자주'가 '매일'이 되었고, 운전으로 밥벌이를 하는 사람이 매일 술을 마시니 직장을 잃는 것은 당연한 결과였다.

아버지는 결혼생활 내내 어머니에게 많은 것을 의존했는데, 특히 그는 경제에 대한 개념이 없었다. 한순간에 본인 소유였던 아파트를 잃었고, 그야말로 다 쓰러져 가는 연립주택 2층에서 월세살이를 하게 되었다.

그 집은 천장이 부식되어 바닥으로 떨어지고, 비가 오면 비가 새고, 바람이 불면 바람이 들었다. 오래된 목문이 그 집의 유일한 출입구였다. 지금도 선명히 떠오르는 그 문은 어린 내가 보기에도 외부에 사용하는 것이 아니었다. 내부 방문으로 쓰는, 문고리 가운데 볼록한 돌기를 딸칵 누르면 문이 잠기는, 힘차게 발로 차면 언제든지 부서질 수 있는 그런 것이었다.

아버지는 오랜 시간 사랑에 상처받은 남자로 살았다. 슬픔에 빠진 인간은 아무것도 볼 수 없게 된다. 눈물은 눈을 가리고, 앞을 가리고, 현재와 미래를 가린다. 오직 과거에서 살게 한다. 그는 자식의 올바른 인성과 성장을 책임지는 아버지로 서의 역할까지는 할 수가 없었다. 참을 수 없는 고통 속에서 아버지는 그저 괴로움에 빠진 한 남자였다.

아버지는 자신이 고통스러운 만큼 어머니 역시 똑같이 괴롭기를, 고통스럽기를 바랐다. 그녀가 괴로우려면 뭘 어떻게 해야 할까. 나를 떠난 여자를 어떻게 단죄할 수 있나. 그래, 이 여자가 가장 아끼는 것을 빼앗자. 자식을 만나지 못하게 하자. 사랑에 상처받은 남자가 할 수 있는 최고이자 최선의 복수였다. 그 때문에 나와 동생은 성인이 될 때까지 엄마를 자유롭게 만나지 못했다.

어머니는 자식이 보고픈 마음을 참고 참다가, 더 이상 참을 수가 없으면 어느 날 불쑥 전화를 걸어왔다. 나와 동생은 어머니를 만나고 싶었으나 아버지의 눈을 피해야 한다는 것이 부담스럽고 고통스러웠다. 아버지에게 들키면 얼마나 역정을 낼까. 혹시 아버지의 폭력성이 나를 향하진 않을까. 아버지의 화가 누그러지는 동안 얼마나 괴로움 속에 살아야 할까.

그런 마음은 성인이 되어서도 마찬가지였다. 심지어 가정을 꾸리고 사는 지금도 나는 어머니를 만날 때면 아버지에게 죄책감이 든다. 아버지의 그런 행동이 나와 동생까지 괴롭게 하려던 건 아니었을 것이다. 다만 슬픔에 빠진 남자가 했던 일이 아버지로서 자식들에게 절대 해서는 안 되는 일이라는 걸, 그는 알지 못했던 것이다. 그것이 자식들의 마음을 어떤 형태로 부수었는지, 그는 알지 못했다. 아니, 알고 싶지 않았다. 자식들의 감정을 보살필 여력이 그에겐 없었다.

우리가 살던 그 연립주택은 말 그대로 다닥다닥 붙어 있는 성냥갑 같은 집이었다. 내 방 창문을 열면 바로 앞에 위치한 또 다른 집의 창을 만질 수도 있었다. 단열이 되지 않았음은 물론 사생활도 지켜지지 않았다. 나의 사생활을 지킬 수 없음과 동시에 알고 싶지 않은 이웃의 사생활을 들여다보게 된다는 점도 무척 불편했다.

내 방 창문으로는 앞 건물에 사는 무속인의 신당이 보였다. 그 집에서 사는 동안 나는 창문을 제대로 열어본 적이 없었다. 어린 내 눈에는 신당의 모습도 생소하고 그 공간이 뿜어내는 기운 역시 불가사의한 것이었다. 그러다 아주 가끔씩 호기심이 공포를 이기는 날도 있었다. 그런 날은 몰래 그 방 창문을 통해 신당 안을 엿보기도 했다. 커다란 장군상과 방울이 잔뜩 달린 금색 막대, 꽹과리, 붉은색 띠……. 그런 곳을 신당이라고 부른다는 것을 알게 된 건 더 커서의 일이다.

당시 나는 이제 막 중학생이 된 작은 여자아이였다. 부모의 이혼뿐만 아니라 세상의 모든 것을 이해할 수 없는 나이였다. '나는 왜 태어났지' '내 고통은 왜 끝나지 않지' '나는 누구지' '여기는 어디지', 의아함과 분노가 머리끝까지 차 있었다. 그와 동시에 아버지가 무섭고 세상이 무서웠다. 반항을 가슴에 품은 소심하고 어두운 작은 여자애였다.

세상 모든 게 다 무서운 그 시절 중에서도 가장 두려웠던 건 매월 찾아오는 생리였다. 그때 나는 혼자서 생리대를 사러 가지 못할 정도로 소심했다. 생리대가 쌓여 있는 매대 앞에 서서 생리대의 종류를 뒤적이는 것이 부끄러웠다. 다른 집 애들은 모두 엄마가 생리대를 사다 주니까. 그건 부모의 역할이니까. 매달 생리 때가 되면 기어들어가는 목소리로 아버지에게 생리대를 사다 달라고 부탁했다. 그러나 아버지는 내가 사용하는 생리대의 종류를 매번 헷갈렸고, 매번 다른 것을 사왔다.

어느 날 어머니가 나와 동생을 새로 이사했다는 아파트로 초대했다. 그때는 어머니가 직접 아버지에게 허락을 받아 그 집에서 주말을 보냈다. 다음 날 집으로 돌아온 나는 용기를 내어 아버지에게 "엄마와 살고 싶다"고 말했다. 엄마가 사는 아파트는 넓고 따뜻했다. 쭈그리고 앉아 머리를 감지 않아도 되고, 세수를 할 때 등에 페인트 부식물도 떨어지지 않았다. 벽과 창문으로 차가운 바람이 새어들지도 않았다. 따뜻한 물이 콸콸 나오고 튼튼하고 안전한 철문이 있었다. 나는 그 집에서 안전하게 살고 싶었다.

아버지는 내 말이 끝나자마자 내 뺨을 후려쳤다. "나라고 매달 네 생리대 사다 주는 게 쉬운 일인 줄 알아?" 아버지에게 맞은 뺨은 별로 아프지 않았다. 그저 몹시 놀랐을 뿐. 아버지도 생리대가 즐비한 매대 앞에서 서성이는 것이 부끄러웠구나. 아버지도 나처럼 수치와 자괴에 빠져 있구나. 아버지도 세상이 두렵구나. 그 역시도 '이 세상에 나 혼자'라는 사실이 몹시 공포스럽고 무섭구나. 그 후로 나는 어머니에게 가겠다는 말을 다시는 꺼내지 않았다.

◎

너는 내게 시인의 목소리를 종용한다 창문을 막은 비닐
사이로 비집고 들어오던 겨울
영하零下 앞에 무능한 사내의 어깨
무엇으로부터 누군가로부터 지켜지지 않는 작은 방

근원 없는 파문이 일고 너는 시가 무엇이냐 묻는다

한 번도 만져본 적 없는 수선화 낡은 비키니 옷장에 손
을 뻗고 나와 당신이 오래도록 떠나지 못했던
조용하고 깊은 물가에 서서

혼백들이 끊임없이 다른 언어로 말을 걸었어 내가 그 말
을 알아들을 수 있는지 정말 몰랐어

일요일이면 꽹과리 소리가 아침을 훔치고 손을 뻗으면
닿을 수 있는 붉은 신당, 장군님, 선녀님

장군님의 창(槍)

나의 대답은

죽여온 자들의 곁에서 애통해 가슴을 치는 한 자루의 검

새로운 자루를 깎으며 터질 것 같은 울음을 삼키는 심약

한 전사로 키워진다는 것

- 강지혜, 〈아버지와 살면〉 전문, 《내가 훔친 기적》, 민음사, 2017

이 시는 아버지와 살던 때, 그때 그 집을 떠올리며 썼다. 그 집에서 보낸 아버지의 40대와 나의 10대. 그때를 생각하면 나무문이 떠오른다. 스스로를 지킬 힘이 없었던 문, 바람도 비도 막아주지 못했던 벽과 창문, 심지어 죽은 자들이 스스럼없이 오가는 길목이었던 그 집. 그 집에서 아버지는 무엇을 생각했을까.

이제 나는 안다. 어른이라는, 가장이라는 명찰을 달고 있었을 뿐 아버지는 그때 아무것도 몰랐다. 아버지는 그때 고작 마흔을 넘긴 청년이었다. 자신의 인생이 어디로 흘러가는지, 상

처는 어떻게 증식되는지, 분노와 자괴는 무엇을 망가뜨리는지, 자식들의 마음이 어떤 형태로 일그러지는지, 그는 아무것도 알 수 없었다. 아무것도 모르는 막막한 심정이 되어서, 자신을 떠난 여자를 증오하면서, 두 아이를 키워야 했던 거다. 나와 아버지는 매일매일 '터질 것 같은 울음을 삼키는 심약한 전사'로 자랐던 게 아닐까.

어머니의 '다마'

◎

나리타 공항으로 가는 급행 전철

엄마의 신발 밑창에 빠칭코 다마*가 끼었다
그녀는 낄낄대며
구슬을 잡아 뽑는다

어젯밤
엄마의 방에서
대취해 그녀에게 삿대질을 했다

곱은 허로

웅크린 어둠을

던지고

또 던지고

울다 지쳐 잠든 딸을 내려다보던 엄마는

퉁퉁 부은 눈두덩에서

자식의 눈알을 꺼내

소중히 어루만졌다

엄마의 엄마가 죽었을 때

만발한 불꽃

실신하는

그녀에게서

쑤— 욱—

외할머니가 뽑히는 것을 분명히 보았다

지금 엄마는

부지런히 빠칭코에 가

다마를 품는다

죽음도 뽑을 수 없는

거대한 다마를 만들려고

딸의 안와眼窩에

깊게 박으려고

* 球(たま). 둥근 것.

- 강지혜, 〈응원〉 전문, 《내가 훔친 기적》, 민음사, 2017

　어머니는 아버지와의 결혼 생활을 정리하고 몇 년 후 일본
으로 갔다. 그게 2002년이었으니 그로부터 20년이 흘렀다. 어
머니가 일본으로 건너가게 된 것은 경제적인 이유가 가장 컸
다고 들었다. 20여 년 전만 해도 지금의 '코리안 드림'처럼 '재

팬 드림'이 존재했다. 원화에 비해 엔화가 비쌌기에 그곳에서 돈을 벌어 한국의 가족들을 건사하는 사람이 많은 시절이었다. 시대가 변했고, 일본의 경제 상황이 예전 같지 못하다고 하지만 어머니는 여전히 바다 건너에 산다.

나 역시 20대 초반 워킹 홀리데이 비자를 이용해 아주 잠깐 도쿄에 거주한 적이 있다. 20대 초반 아버지와 나의 관계는 최악이었다. 단순히 그 상황에서 벗어나고 싶어 '한국만 아니면 어디든지 좋다'는 마음도 있었지만 일본이라는 나라가 어릴 때부터 친숙한 곳이어서 일본을 선택한 점도 있었다. 세 명의 고모 중 두 명이 일본에 거주했었고, 한 명은 아직까지 일본에 살고 있다. 더불어 일본 문화에 익숙했던 건 내가 청소년이었을 때만 해도 일본이 아시아의 문화 강국으로 잘나가던 시절이 있었기 때문이다. 수천 권 읽었다고 자부하는 모든 만화책은 거의 일본 작품이었고, 일본 아이돌과 배우를 좋아했다. 그때는 일본 드라마의 전성기였고 일본 영화와 음악은 당시 가장 '힙'한 콘텐츠였다. 자연스럽게 일본 문화를 동경했고, 일본어를 공부했다.

20대 후반에 결혼을 하고 나서부터는 일 년에 한두 번은 내가 일본으로 가거나 어머니가 한국에 오기도 하면서 일본과 한국을 오가곤 했다. 하지만 2019년 코로나 바이러스가 나타난 이후부터, 3년이 훌쩍 넘는 시간 동안 어머니를 만나지 못했다. "잘 있느냐"는 나의 물음에 어머니는 언제나 "잘 있다"고 답했지만 실제로 그가 '잘' 있는 것인지, '버티며' 지내는 것인지는 알 수 없는 노릇이었다.

결혼하고 얼마 지나지 않아 친구와 함께 도쿄로 여행을 간 적이 있다. 당연히 어머니의 집에서 숙박을 해결했다. 도쿄에 도착한 첫날은 어머니와 나, 친구까지 여자 셋이서 신나는 기분으로 외식을 하고 조금 취한 상태로 집으로 돌아왔다.

집으로 가는 길에 편의점에 들러 술이 부족하다며 맥주와 사케를 산 것이 화근이었을까. 그날 나는 과음을 했고, 어머니에게 울며불며 원망 섞인 말을 쏟아냈다. 먼저 잠든 친구가 바로 옆에 누워 있었는지 다른 방에 가 있었는지도, 내가 무어라말했는지도 잘 기억나지 않는다. 아마도 어린 시절 부모의 이혼으로 인해 상처받은 자식의 한풀이 같은 것이었으리라.

기억나는 건 내가 많이 울었고, 어머니는 고개를 숙이고

"미안하다"고만 했다는 것. 어머니가 "미안하다"는 말만 하는 것이 못내 야속해 나는 시간이 지날수록 폭력적으로 변했다는 것. 울다 화를 내고, 화를 내다 울었다. 울다 지친 내 얼굴을 어머니가 오랫동안 물끄러미 바라보았던 것 같은데, 그날 밤의 기억은 진실일까.

아침에 일어난 나는 몹시 민망해서 어머니에게 되레 통통거렸고, 서둘러 집에서 나와 친구와 관광을 하며 도쿄 거리를 쏘다녔다. 감정의 골이 파인 채로 시간이 가고 어느덧 여행의 마지막 날, 나와 친구를 배웅하기 위해 나리타 공항으로 가는 전철에서 어머니와 마주 보고 앉았다.

어머니는 그날 밤 일에 대해서는 한마디도 하지 않았다. 머쓱한 마음으로 그를 바라보는데 그때 어머니의 신발 밑창에서 뭔가 반짝이는 게 아닌가. 빠칭코 다마(빠칭코 게임장에서 사용하는 구슬. 구슬을 현금으로 바꿔준다. 일본에 처음 가면 너무 많은 편의점, 더 많은 자판기, 그보다 더 많은 빠칭코에 놀란다)였다. 어머니는 쾌활하게 웃으며 신발 밑창에 낀 다마를 빼서 주머니에 넣었다. 내가 친구와 나가 있는 동안 오랜만에 얼굴 보는 딸내미 용돈이라도 주려고 다녀왔다던 빠칭코. 시끄러운 기계음과 담배 연기 자욱한 그곳에서 데구루루 굴러다니는 다마를 보며 어머니는 무슨 생각을 했을까. 몇 분만 앉아 있어도 정신이 멍해지는 빠칭코 의자에 앉아 간절하게 조이스틱을 붙잡고 어머니는 딸을 생각했을까. 아니면 내가 그랬던 것처럼 살다가 막막해지는 순간이 오면 어머니도 엄마가 보고 싶었을까.

어머니의 엄마가 사라진 건 내가 아직 대학생이던 때다. 성인이 되었지만 어린 시절과 같이 아버지에게는 말하지 않은 채 가슴을 졸이며 엄마를 만났다. 어떤 방향으로든, 내가 내 인생을 결정할 수 있는 게 성인이라고 그랬는데. 나는 아버지 앞에만 서면 그를 두려워하는 열세 살 소녀로 되돌아갔다. 나이만 어른이고 마음은 여전히 아이였던 걸까.

하지만 그런 두려움에도 불구하고 외할머니 장례식에는 당연히 참석해야 했다. 아버지에게 무슨 핑계를 대고 장례식장에 갔더라. 상갓집에 어울릴 만한 검은 옷을 골라 가방에 넣고 가서 전철역 화장실 안에서 옷을 갈아입었던가. 왜 나는 애도의 마음마저도 숨겨야만 했을까. 부모의 억압은 아이들을 어느 정도까지 납작하게 만들 수 있는가.

장례식장에 도착하니 엄마는 퉁퉁 부은 얼굴로 할머니 영정 앞에 앉아 있었다. 어머니가 너무 많이 울어서 나와 동생은 울지도 못한 채 어머니만 달랬다.

운구 행렬 중에서 어머니가 가장 큰 소리로 곡을 했다. 그날 나는 곡하는 사람을 실제로 처음 보았다. 그리고 그것이 그렇게 큰 소리라는 것을 처음 알았다. 화장터 안으로 들어가는 관을 보며 어머니는 쓰러졌다 일어나기를 반복했다. 화염 앞에 서서 계속 고개를 가로젓고 끊임없이 "엄마! 엄마!"를 불렀다. 이제 더 이상 엄마의 대답을 들을 수 없다는 것이 그토록 애통하고 서러웠을까. 언젠가 내가 저 불꽃 앞에 서게 된다면 나도 저렇게 큰 소리로 엄마를 부를까. "응? 왜 불러? 딸내미!" 소리를 너무나 간절히 듣고 싶어서. 돌아보는 얼굴이, 나를 위해 청춘을 내어준 여자의 얼굴이 다시 한 번만, 딱 한 번만 더 보고 싶을까.

장례식이 끝나고 어머니는 내게 말했다. 장례 때 곡을 크게 하면 고인이 좋은 곳으로 간다고. 이제 세상에 없는 그 사람을 그리워하는 이가 많은 것이 고인의 복이라고. 그래서 그렇게 크게 울었노라고.

이 글을 쓰며 생각났다. 내가 그날 밤 어머니의 방에서 술에 취해 엄마에게 했던 말. 어떻게 나와 내 동생을 두고 떠날 수 있었느냐고. 그토록 사랑했던 자식들을 그곳에 두고 어떻게 도망가 버릴 수 있었느냐고. 그때 그는 대답하지 않고 "미안하다"고만 했지만 나는 이제 안다. 어머니와 아버지가 함께 살았던 그 집에 조금 더 머물렀다간 결혼이 아니라 어머니 스스로의 생에서 도망쳐 버릴 것 같았기 때문에, 정말로 그게 무서웠던 거다. 살려고, 살아서 아이들을 보려면 어머니는 그 집에서 도망가야만 했다.

코로나가 터지기 얼마 전, 어머니의 환갑을 기념해서 동생과 나, 내 딸과 함께 오사카와 교토로 여행을 갔다. 그때 딸은 아직 모유를 먹는 갓난쟁이였다. 딸을 품에 안고 어머니와 함께 비 오는 교토의 밤거리를 걸었다. 쌀쌀한 날씨 탓에 어머니는 손녀에게 계속해서 담요를 덮어주려고 했고 나는 애가 답답해한다며 자꾸 담요를 걷으려고 했다. 딸은 더웠다가 추웠다가 하는 와중에도 큰 소리 한번 내지 않고 잘 자주었다.

어머니는 내 딸을 바라보며 "이렇게 예쁜 것을 낳아서 얼마나 좋냐"고 했고, 나는 "세상에 나오게 한 게 미안하다"고 말했다. 나의 말에 어머니는 쓸쓸한 표정을 지었던 것 같다. 아닌가. 그저 손녀를 바라보며 웃었던가.

세상 염세적인 딸이라 미안하다고 말하고 싶다. 내가 이렇게 말하면 어머니는 또 모든 게 다 당신 탓이라 하겠지. 그렇게 생각하지 않았으면 좋겠다. 결국 내가 선택한 순간들이 쌓여 지금의 나를 만들었고 이런 내 모습에 그럭저럭 만족하며 살아가고 있으니까. 딸애가 두 돌이 되어 자아가 생길 무렵, 아이의 성장이 너무 신기하고 기특하다는 말을 메신저로 주고받다가 어머니에게 세상에 태어나게 해줘서 고맙다고 전했다. 어머니는 늘 그렇듯 당신이 더 고맙다고 했다. 그리고 미안하다고.

세상 모든 어머니는 맨날 뭐가 그렇게 미안한가. 미안해하지 말았으면, 이제 더는 자식들을 두고 떠날 수밖에 없었던 상황에 대해 부끄러워하지 말았으면. 그 젊었던 시절의 어머니는 언제나 최선을 다했다는 걸, 엄마가 되어 다 알게 되었으니까. 그러니 그만 미안해했으면. 이 바람이 속절없다는 걸 알면서도, 늘 이렇게 바라게 된다.

우리는 누구나 외로우니까

2010년 12월, 워킹 홀리데이 비자로 일본에 갔다. 그리고 10여 년 만에 엄마와 함께 살게 되었다. 당시 내가 살던 곳은 도쿄의 카메아리라는 소박한 동네였다. 서울의 수유리나 월계동 같은 느낌이었다. 지금 생각하면 유년 시절을 서울 노원구 월계동에서 보냈기 때문에 카메아리를 비슷한 동네라고 느꼈는지도 모르겠다.

엄마는 카메아리에서 한식당을 운영하고 있었다. 일본식으로 축약한 레시피를 쓰는 한식이 아닌, 한식 고유의 레시피를 쓰는 음식을 팔았다. 엄마는 가게에 딸린 방 한 칸에서 생활하고 있었다. 1층에는 식당, 2층에는 잠을 잘 수 있는 방과 변기만 있는 화장실이 있었다. 세면장이 따로 없어서 엄마와 나는 내가 어학원을 파하고 오면 저녁에 함께 목욕탕에 가는 게 일과가 되었다.

나는 새로운 환경에서 새로운 생활을 시작했다는 설렘으로 세면이 불편한 것 정도야, 대수롭지 않게 여겼다. 그러나 엄마는 싱크대에서 머리를 감고 등교하는 내 모습에 영 마음이 불편한 모양이었다. 그래서 엄마는 바쁜 일과 중에 짬을 내어 틈틈이 집을 보러 다녔고, 얼마 후 화장실과 욕실이 딸린 아담한 방으로 이사했다.

10여 년 만에 엄마와 살게 되니 참 좋았다. 늘 도맡아 하던 집안일의 양이 확연히 준 것도, 귀가하는 나를 위해 따뜻한 저녁밥을 지어놓고 기다려주는 것도, 엄마와 시시콜콜한 수다를 떨다가 잠드는 것도 좋았지만, 가장 좋은 건 엄마가 나를 '아이 취급'해준다는 거였다.

실제로 일본에서 나는 아이와 같았다. 언어도 아직 미숙하고, 새로운 환경과 일본 문화에 대한 이해가 부족하니 마치 미취학 아동과 다를 바 없었다. 덩치는 어른이었지만 아직 모든 게 서툰 '아이'였다. 한국에서의 나와는 전혀 다르게 말이다.

한국에서의 나는 아주 어린 시절부터 나를 둘러싼 모든 사람에게 끊임없이 '어른 대접'을 받아왔다. 말이 좋아 '대접'이지 어른들이 해야 할 의무가 모두 어린 나의 몫이라는 의미였다. 나는 아버지의 딸이었지만 아내이기도 했고, 동생의 누나지만 엄마이기도 했고, 삼촌과 고모와 할아버지에게 조카이자 손녀지만 형수이자 새언니, 며느리 역할도 해야 했다.

애어른으로 산다는 건 아직 미성년이기 때문에 아이로서의 통제는 받으면서 어른의 역할을 수행해야 하는 이율배반적인 삶이다. 그래서 나는 늘 외로웠다. 아이로서의 내 모습을 보일 수 있는 순간이, 사람이, 없었으니까. 갖고 싶은 것이 생기면 그것을 요구하는 것이 아니라 포기하는 법을 먼저 익혔다. 아이처럼 떼를 쓸 순 없었다. 내가 처한 환경에서 감히 꿈꿀 수 없는 것은 일찌감치 포기하는 게 나았다. 욕망하고 열망하면 상처받으니까. 내 어리광을 받아줄 사람은 아무도 없으니까. 남들보다 조금 일찍 어른이 된다는 건 무척 외로운 일이었다.

왜 어른은 '대접'이고 아이는 '취급'이라고 하는 걸까. 어른 대접보다 아이 취급받는 것이 훨씬 마음 편하고 행복한데. 엄마와 살던 당시 스물네 살이었으니 실제로 어른이기 때문에 어른이 누릴 수 있는 자유는 누리면서, 미숙한 아이를 다루는 듯한 보호를 받으니 더욱 좋았다. 이상했다. 엄마가 날 아이 취급하면서 보호하고, 싸고 돌수록 나는 매사에 자신감이 생기고 생기가 넘쳤다.

그러던 중 비자 관련해서 관공서에 갈 일이 생겼다. 역시 엄마는 일본어가 서툰 나의 보호자로 대동해주었다. 어느 나라나 관공서, 은행 같은 기관에서 쓰는 말은 어렵고, 게다가 행정 업무는 모국어를 쓰는 사람들에게도 복잡하고 어려운 점이 많다. 아니나 다를까 제출해야 하는 서류는 거의 한자로 표기되어 있었고, 엄마 역시 말하기와 듣기는 가능하지만 쓰기, 특히 한자는 능숙하지 않았기 때문에 우리는 관공서에서 오랜 시간을 보내야 했다.

겨우 담당 창구에 앉아 이야기를 이어나가던 때였다. 공무원이 엄마와 내가 무슨 관계냐고 물었다. 줄곧 내 옆에서 통역부터 모든 업무 처리를 돕는 엄마가 의아했던 것이다. 엄마가 "이 아이는 내 딸이에요"라고 말했지만 공무원은 엄마는 일본 영주권자이고 나는 한국 국적인데 왜 두 사람이 모녀 관계냐고 묻는 것 같았다.

엄마는 순간 이걸 어디서부터 이야기해야 하나 고민에 빠졌다. 본인이 한국에서 이혼을 했고 일본으로 건너오게 되었다는 이야기? 여기서 어떻게 영주권자가 되었는지도 이야기해야 하는 것인가? 엄마가 잠시 머뭇거리던 그때 내가 말했다. "이 사람은 제 엄마가 아니에요, 법적으로. 우리는 엄마와 딸이 아니에요."

그때 나는 왜 그렇게 말했을까. 나의 미숙한 일본어 실력과 순간적인 판단 착오가 빚어낸 결과였을까. 아무것도 모르는 아이 같은 대처였을까. 당시 나는 내가 무얼 잘못했는지 알지 못했고, 오랜 시간 동안 그렇게 말한 것을 잘못이라 생각지도 않았다.

2011년 3월 11일. 동일본 대지진을 경험했다. 어학원에서 승급 시험을 보고 있는데 지진이 났다. 일본에 온 지 몇 개월 안 되었지만 수차례 지진을 경험한 터라 이번에도 또 지진인가 보다 하고 시험문제를 풀고 있었는데, 이번엔 좀 이상했다. 지진이 멈출 기미가 보이질 않았다.

일정 시간이 흐르자 강사들이 교실로 뛰어 들어왔다. 시험을 중단하고 계단을 통해 차례차례 밖으로 나가라고 소리쳤다. 엘리베이터는 이미 가동을 멈춘 뒤였다. 어학원 앞 차도에 사람들이 모여 있었다. 현기증이 나는 것 같아 땅을 보니 땅이 마치 거대한 파도처럼 움직이는 게 보였다. 오래된 건물들의 외벽이 뜯어져 떨어지고 밖에 걸려 있는 화분 따위의 것들이 퍽 소리를 내며 바닥으로 추락했다. 귀가 길에 이용하는 전철이 끊겼다. 일본 내에서는 전화가 연결되지 않았고, 오히려 해외에서 온 전화는 연결되었다. 한국의 가족과 친구들에게 "나는 안전하니 걱정하지 말라"고 말했다. 그러나 정작 엄마와는 전화가 계속 연결되지 않았다.

같은 클래스의 몇몇이 모여 친구네 기숙사에서 하룻밤 신세를 졌다. 다행히 인터넷이 연결되어 있어 당시 유일한 SNS였던 싸이월드에 "나는 무사하다"라는 글을 남겼다. 한국의 친구들이 발 빠르게 댓글을 달았다. "정말 괜찮은 거지?" "하필 네가 거기 가 있는데 지진이라니. 믿기지가 않는다." 나 역시 믿기지가 않았다. 클래스 친구들과 함께 텔레비전을 보았다. 후쿠시마에 거대한 쓰나미가 덮치는 장면을 생중계하고 있었다. "지금 영화 보는 거 아니지? 이거 뉴스 맞지?" 누군가 말했다. 현실은 영화보다 훨씬 비현실적이라더니, 정말이었다.

　다음 날 아침 전철 운행이 재개되었다. 엄청난 인파를 뚫고 집으로 돌아갔다. 나처럼 집으로 돌아가려는 사람들로 전철이 꽉 차 있었기 때문이다. 집은 엄마가 이미 정리를 해두어 정돈된 상태였다. 그래서 여전히 실감이 나질 않았다. 그래도 집에 오니 훨씬 마음이 안정되었다. 엄마는 내게 뭐가 먹고 싶으냐고 물었고, 나는 "냉면과 빵 둘 다 먹고 싶은데 어쩌지?" 하고 대답했다. 엄마는 금세 면을 삶고 빵을 구워 상에 올려주었다. 배를 두들기며 엄마 옆에 누워 뉴스를 보다가 잠이 들었다. 그리고 다음 날, 잠에서 채 깨지 못한 채 누워서 눈을 비비는데, 엄마가 내 등을 토닥이며 말했다. "연기가, 원전에서 연기가 난대."

　원전 폭발 이후 아버지에게서 다시 연락이 왔다. 속히 한국으로 돌아오라고 했고 엄마 역시 그게 좋겠다고 했다. 이제 막 일본에 적응하기 시작했고 아르바이트 면접도 잡혀 있는 상황이었는데. 면접에서 떨어진다 해도 나는 엄마와 함께 있으면 되는데. 그냥 공부하면서 엄마가 주는 밥만 받아먹어도 여기서는 괜찮았는데. 내가 유일하게 아이일 수 있는 곳이었는데. 다시 어른 대접을 받는 한국으로 돌아가야 했다.

　　혼란스러운 와중에 무슨 생각이었는지 노트와 펜을 들고 공원으로 혼자 산책을 나갔다. 벤치에 앉아 다시 평온한 일상을 되찾은 카메아리의 사람들을 지켜보았다. 한 아이가 아버지와 함께 캐치볼을 하고 있었다. 다음 주면 하나미 시즌(벚꽃구경)이 시작될 텐데, 엄마와 일본식 하나미를 하자고 약속했는데. 아르바이트를 시작하면 일본어가 더 늘 테니 여기서 대학을 다니는 것도 생각해보고 싶었는데. 이런저런 생각 끝에 나도 모르게 노트를 펼쳐 한동안 쓰지 않았던 시를 끄적였다. 다시 어른이 되어야 하는구나. 역시 나는 아이로 있을 수 없구나. 잠시 살았던 아이의 세상, 정말 행복하고 안온했다. 그러나 역시 이건 내 것이 아니었구나.

　　그날 밤이었던가. 엄마는 관공서에서 내가 했던 말에 대해서 이야기했다. 내가 당신을 내 엄마가 아니라고 말한 순간 너무 서운했고, 한편으로 무척 마음 아팠다고. 다 당신 잘못이라고. 미안하다고. 그때 알았다. 엄마도 어른인 것이, 모든 아픔과 슬픔을 혼자 짊어지는 어른으로 살아가는 것이 많이 외롭고 힘들었구나. 엄마도 자식인 나를 보듬으며 지친 마음을 누군가에게 기대고 싶었겠구나. 우리 모두, 참 많이 외로웠구나.

◑◐

어머니 전 혼자예요
오늘도 혼자이고 어제도 혼자였어요
공중을 떠도는 비눗방울처럼
무섭고 고독해요
나는 곧 터져버려 우주 곳곳에 흩어지겠지요
아무도 제 소멸을 슬퍼하지 않아요

어머니 전 혼자예요
오늘도 혼자이고 어제도 혼자였어요
고요히 솟아오르는 말불버섯처럼 홀씨처럼
어둡고 축축해요
나는 곧 지구 부피의 여덟 배로 자랄 거예요
아무도 이 거대한 가벼움을 우려하지 않아요

여기에는 좁쌀 알만 한 빛도

쓰레기 같은 정신도 없어요

혼자 생각했어요

연기(緣起)가 없는 존재에 대해서

그리고 우연이야말로 우리가 믿는

단 하나의 운명이라는 것에 대해서

타이가의 호수에서 보았지요

안녕하세요? (하고) 긴 꼬리를 그으며

북반구의 하늘을 가로지르는 별똥별을

안녕? 나는 무사해

어둠이 내 유일한 인사였어요

이것이 내 유일한 빛이었어요

나의 우주에 겨울이 오고 있어요

나는 우주의 먼지로 사라져 다시

어느 별의 일부가 될 거예요

새로울

나의 우주는 아름다울까요?

혼자 생각해봐요

이 무한에 내릴 흰 눈에 대해서

소리도 없이

소·리·도·없·이·내·릴·흰·눈

에 대해서

어머니 전 혼자예요

혼자 밥을 먹고 혼자 울지요

나는 어디에 있나요?

내가 지금 있는 곳이 어딘지

누구에게든 알려주고 싶어요

모든 것이 사라진 다음에도

아름다움은 있을까요?

거기에, 거기에 고여 있을까요?

존재가 없는 연기(緣起)처럼

검은 구멍처럼

어머니 전 혼자예요

쇠락하고 있지요

- 함성호, 〈보이저 1호가 우주에서 돌아오길 기다리며-왜 유가 아
니라 무인가?〉 전문, 《키르티무카》, 문학과지성사, 2011

일본에서 돌아와 다시 시를 열심히 쓰기 시작했다. 그러던
중 〈보이저 1호가 우주에서 돌아오길 기다리며〉라는 시를 읽
었다. 충격이었다. 내가 느낀 외로움이 언어의 옷을 입고 이
시에 앉아 있었다. 1977년 지구를 떠난 '보이저 1호'에 문제
가 생긴 것 같다는 기사를 보았다. 전력도 거의 떨어져 가고,
기능에도 문제가 생긴 것 같다고. 지금쯤 보이저 1호는 어떤
우주를 보고 있을까. 홀로 바라보는 우주는 언제나 고요하고
언제나 아름다울까. 땅이 자꾸 흔들리는 나라에 혼자 살고 있
는 엄마. 엄마가 사는 곳은 언제나 조금씩 흔들리고 있는데,

정말 괜찮을까. 엄마가 바라보는 외로움은 어떨. 사무치게 아름다울까. 그저 사무칠까.

　엄마는 20년째 일본에서 혼자 살고 있다. 어른은 자신의 아픔을, 자신의 외로움을 오롯이 혼자, 다스려야겠지. 나는 이제 혼자서 심리상담도 받으러 가는 어른이 되었다. 사는 곳에서 상담실까지 척척 운전을 하고 가서 상담을 받고 돌아온다. 집으로 오는 길에 아이에게 줄 간식을 사오기도 하고, 필요한 생필품을 잔뜩 사오기도 한다. 나의 가정을 꾸리고 산다는 것은 때론 별거 아니구나 싶다가도, 때론 견디기 힘들 만큼 어려운 일이기도 하다. 그러나 나는 해낸다. 이만큼이나 성숙해졌다고 생각하면서도, 어른이 된다는 건 무척 외로운 일이다.

이제 그만 해방됩시다

∞

그때까지 그렇게 노기에 찬 아버지 얼굴을 본 적이 없었
다. 역시 소스라치기는 했으나 노기라면 나도 아버지 없
는 동안 쌓이고 쌓여 만만치 않았다. 뉘 집 개가 짖냐는,
나른한, 그 여름에 참으로 적절한 표정을 얼굴에 덧입힌
채 나는 손에 쥐고 있던 소설책을 느릿느릿 눈높이로 들
어올렸다. 순간 아버지의 낫이 책의 귀퉁이를 베며 눈앞
으로 스쳐갔다. 농사일은 젬병인 양반이 그날따라 낫을
갈고 갈았는지 오만과 편견의 견자 중 ㅕ와 ㄴ이 싹둑
베여 나갔다. 베인 것은 글자만이 아니었다. 뭐랄까, 아
버지와 나를 잇고 있던, 세월 지날수록 얇아진 어떤 인
연, 혹은 마음의 끈이 싹둑 잘려나간 것 같았다. 나는 천

천히 몸을 일으켰다. 그러면서 생각했다. 아버지는 낫을 휘둘러서는 아니 되었다. 밥값을 하라고 해서도 아니 되었다. 아버지가 해야 했던 것은 빨치산의 딸로 살게 해서 미안하다는 진정한 사과였다.

참고로 나는 아버지와 달리 싸움에 제법 재주가 있다. 그래봤자 평생 세 번 싸웠지만, 어쨌든 그 세 명의 상대는 처참하게 KO패 당했다. 아버지는 분노한 사람에게 진정을 하라고 다독이지만 나는 분노한 사람의 분노를 끌어올린다. 제 분에 못 이겨 울음을 터트리거나 발광을 할 때까지. 나는 그 울음을, 발광을, 참으로 침착하게 평소보다 더 평온한 상태로 응시할 뿐이다. 그 차분한 응시가 보태지면 상대들은 대응할 힘을 잃는다. 그날의 아버지가 나에게 참패한 세 명 중 한 명이었다.

몸을 일으킨 나는 발치에 놓인 몇 권의 책에 시선을 던졌다. 다 어디선가 빌린 책이었고, 먼 길을 떠날 때 가져갈 만한 책도 아니었다. 나는 그 여름 나의 은신처였던 늙은 살구나무 세 그루를 일별하고는 천천히 기지개를 켰다. 빨치산의 딸로 살아온 지난 시간들이, 그 시간 동안 축적된 나의 살이며 뼈 같은 것들까지 숨으로 화하여 내 밖으로 내던져지기를 간절히 기원하면서. 짧은 기도가 이루어진 듯 몸이 개운했다. 나는 가비얍게 바위 위에서 풀쩍 뛰어내렸다. 그러고는 아버지가 잘 벼린 낫으로 베어놓은 밤 밭을 성큼성큼 걸었다. 몇걸음 걷다 뒤돌아봤을 때 아버지는 넋을 잃은 표정이었다. 그런 아버지를 향해 나는 길 떠나는 홍길동인 양 깊숙이 허리 숙여 절을 했다. 다시는 뒤돌아보지 않았다.

- 정지아, 《아버지의 해방일지》, pp. 204~206, 창비, 2022

아버지에게서 전화가 왔다. 술에 취한 목소리였다. 아직 초저녁이었는데. 아버지의 이름이 휴대폰 화면에 보이는 순간부터 불안한 감정이 시작되었다. '이 시간에 술이 취한 상태로 전화를 했다고? 도대체 무슨 말을 하려는 걸까?' 이런 예감은 빗나간 적이 없다. 아버지는 대뜸 나에게 말했다.

"너, 아빠를 사랑하긴 하냐?"

"…… 갑자기 그게 무슨 말이야?"

"아빠를 사랑하긴 하냐고."

너무도 직접적인 어휘였다. '사랑'이라니. 순간 당황한 나는 약간 버퍼링에 걸린 사람처럼 대답했다.

"자식이 부모를 사랑하는 건 당연하지. 뭐 그런 걸 물어보고 그래. 아빠가 진짜로 하고 싶은 말이 뭐야. 내 인생에는 지금껏 별로 관심도 없다가 갑자기 왜 그런 걸 물어?"

진짜로 물어보고 싶은 것이 뭐냐는 자식의 질문에 아버지는 제대로 대답하지 않았다. 잠시 겉도는 대화를 나누다가 내가 다시 말했다.

"아빠가 나와 동생을 혼자 키우며 힘들었던 건 너무나 잘 알아. 그 부분에 대해서 정말 많이 감사하고 있고. 그런데 내가 아이를 키워보니까……."

"키워보니까 아빠가 얼마나 힘들었을지 알겠지?"

"…… 그것도 알겠지만, 부모가 자식에게 얼마나 잘해야 하는지 알겠어. 부모가 자식을 어떻게 대해야 하는지. 아이들은 모든 걸 기억한다는 것도 알겠고."

그날 아버지는 평소와 같이 술을 마시다 자식들이 자신과 거리를 두는 것에 대해 이야기를 하게 된 모양이었다. 주위에서 지인들 목소리가 들리기 시작하자, 아버지는 다음에 다시 이야기하자며 다급히 전화를 끊었다. 수화기 너머 아버지가 사라지고, 불안감은 점점 더 증폭되기 시작했다.

그때였다. 딸이 나를 찾는 소리가 들렸다. 딸에게로 걸어가면서 아이의 말에 집중하려고 했다. 하지만 나는 이미 알고 있었다. 이제부터 며칠간 이 일이 머릿속에서 떠나지 않을 것이다. 한동안 스트레스 상태에 놓일 것이다. 평소보다 예민해질 것이고, 두통이나 위장 관련 질병이 나타날 수도 있다. 선험적으로 나는 이것을 잘 안다. 내가 가장 두려워하는, 나의 불안을 가장 높이는 상태에 놓이게 된 것이다.

생각해보니 결혼 이후 아버지의 집에 자주 찾아가지 않았다. 실제로 먹고사는 일이 팍팍하기도 했다. 또한 남들 쉬는 날 경제활동을 해야 하는 자영업의 특성상 일 년에 두 번 있는 명절에도 아버지 집에는 거의 가지 못했다. 내가 서울에 볼일이 있을 때 아버지 집에 머무는 정도였다. 그나마 그 정도도 코로나 시국이 시작되면서부터는 아예 하지 않게 되었다. 아버지가 그날 전화한 건 아마 내가 아버지를 보러 가지 않는 것 (손녀를 자주 보여주지 않는 것)에 대한 섭섭함의 토로였을 거다. 통화의 말미가 그렇게 찝찝했으면서도, 다음 날 다시 전화를 걸지 않았다. 그럴 생각 자체를 하지 않았다. 그 스트레스를 견딜 자신이 없었다.

그렇게 며칠이 지났을까. 이번엔 늦은 밤에 아버지에게서 카톡이 왔다. "그날의 전화가 서운했다면 미안하다"라는 메시지였다. 내가 메시지를 확인하지 못하자 새벽에 또 한 차례 카톡이 왔다. 그 메시지에 잠이 깼다. 재차 미안하다는 내용이었다. 카톡을 확인하자 심장이 요동쳤다. 몇 차례 호흡을 가다듬고 생각을 정리해보았다. 정리할 수 있다면, 정리해보자는 심정으로. 간절한 마음이었으나 잘 정리되지는 않았다. 떨리는 마음으로 한 자 한 자 적어 내려갔다.

"아빠가 나와 동생을 키우느라 고생한 것 너무 잘 알고 있다. 하지만 아빠의 젊은 날의 상처만큼이나 나와 동생 역시 힘든 유년 시절을 보냈다. 아빠와 나 사이에는 갈등의 역사라는 게 있고, 그것을 깡그리 무시하고 현재가 있을 수는 없다. 왜 자식이 나를 찾지 않는가 하는 마음을 나는 자식이 찾아올 만한 부모인가로 바꾸어서 생각해주시라. 나는 그저 아빠 인생이 행복하길 바란다. 그래야 자식들이 부모의 품에서 쉴 수 있기 때문이다."

내가 보낸 문자를 요약해서 적고 보니 좀 이기적이라 느껴진다. 이후로 우리는 다시 데면데면한 상태가 되었다. 나는 정말 자식 된 도리도 하지 않는 배은망덕한, 나쁜 딸인 걸까.

정지아 작가의 《아버지의 해방일지》를 읽는데 자세를 고쳐 앉게 하는 부분이 있었다. 주인공 '아리'와 그의 빨치산 아버지의 관계가 나와 내 아버지와의 관계를 닮아 처음부터 흥미롭게 읽던 책이었다. 주인공 부녀의 갈등이 극심해지는 앞의 장면을 읽어 내려가는데 '이 장면 어디서 본 적 있는데?' 하는 마음이 들었다. 내가 두 번째로 쓴 에세이 《우리는 서로에게 아름답고 잔인하지》에서 언급한 바 있는 장면과 비슷했기 때문이다.

대학 교내 문학상에서 어머니를 주제로 쓴 소설로 큰 상을 받았을 때, 아버지가 나에게 가한 폭력으로 인해 내 삶의 한 부분이 다시는 돌이킬 수 없는 곳으로 떠났다고 느꼈던 일. 아직도 당시를 떠올리면 공포와 분노와 무기력이 생생하게 되살아나는 그 사건. 그 일로 인해 나 역시 아버지와 나의 어떤 시절에게 마지막 인사를 했던 것이다.

나는 잘 알고 있다. 아버지가 나를 얼마나 끔찍이 아꼈는지를. 그에겐 기대 이상으로 착하고, 예쁘고, 영리하고, 성실한, 자신의 첫아이. 그야말로 '딸바보'였던 젊은 날의 아버지. 그런 아버지의 사랑과 보호 속에서 행복했던 날들도 어렴풋이 기억하고 있다.

그러나 우리가 함께한 시간 속에서 꽤 깊은 상처가 생긴 순간들이 있었다. 감정으로 인해 파인 계곡처럼. 지금보다 더 어린 날에는 그 깊은 계곡으로 갈등과 분노, 두려움이 콸콸 넘쳐흐르곤 했다. 시간이 흘러 어른이 되고, 아이를 키우고 있는 현재까지도 그 계곡은 남아 있다. 유수 역시 여전하다. 때에 따라 물의 양이 달라질 뿐.

아버지가 그날 전화해서 대뜸 물어본 "나를 사랑하냐?"라는 말은 그 모든 갈등의 계곡을 깡그리 부정하는 말 같았다. 어떻게 이 흐름이 시작되었는지를 보지 못하는 자의 말이었다. 이기적으로 느껴졌다. 아버지는 여전히 이기적이구나. 그의 젊은 날, 아버지의 상처를 자식에게 그대로 내보이는 바람에 아버지의 감정 쓰레기통으로 살게 되었던 그때처럼. 여전히 자식에 대한 생각은 하지 않는구나. 그러니까 나도 이제 조금은 내 생각만 해도 되지 않을까. 이제 나이도 서른여섯이나 먹었고 아이도 낳았는데, 나도 내가 하고 싶은 말을 하고 싶은 대로 내뱉어도 되지 않을까. 그런 마음이 자꾸만 들어서, 아버지에게 자꾸 모질어지는 걸까.

어느 강의 프로그램에서 "부모가 자식의 어린 시절에 준 사랑이 적금처럼 돌아온다"는 말을 들었다. 적금을 타는 시기가 두 번 있는데, 한 번은 사춘기이고 한 번은 독립 이후라는 것이다. 처음 그 말을 들었을 때 나는 사랑의 '양'에 집중했다. 사랑을 무조건 많이 주면 부모 자식 사이가 그렇게 틀어질 일은 없지 않을까 싶었다. 최근에 그 말을 다시 생각해보니 사랑의 '양'보다 '질'이 더 중요하겠구나 싶다. 사랑을 '얼마나' 주는지가 아니라 '어떤' 사랑을 줄 것인가에 대해 사유하게 된다. 내가 주는 사랑은 어떤 색인지, 어떤 맛인지, 어떤 감각으로 기억될 것인지. 그래서 언젠가 적금을 타는 날이 왔을 때 나는 어떤 색과 어떤 맛을 느끼게 될까. 잠깐 상상해보았는데도 아찔하다. 나는 당당할 수 있을까? 나는 내 자식과 함께 웃을 수 있을까? 오싹한 기분이 든다. 자식이란 존재는 무서운 거구나. 내가 낳은 아름답고 천진한 존재가 나를 비추는 가장 서늘한 거울이 되겠구나.

《아버지의 해방일지》의 '아리'와 내가 닮은 점이 또 있다. 몹시 이상적이라는 것이다. 원하는 것이 확고하고, 이상이 높다. 이건 지독한 고집을 가진 부모 밑에서 자란 아이들의 특성인 걸까? 물론 잘못된 일반화의 오류겠지만, 어떻게든 연결고리를 찾아보자면 그렇다. 나 스스로에 대한 기준부터 시작해 내가 속한 수많은 관계에 대한 이상이 너무 높기 때문에 실망도 큰 것이다. 부모-자식, 반려인을 포함한 가족, 나아가서는 사회에까지 내가 가진 상 자체가 그야말로 이상적이다. 그래서 이상과 현실의 간극에 그 누구보다 괴로워하는 것 아닐까.

나는 아버지가 아니다. 그러니 함부로 내 감정을 누군가에게 쏟아내고 싶은 마음을 억누르며 살고 있다. 특히 그게 자식이 되어서는 절대 안 된다고 스스로를 세뇌하는 수준이다. 부모에게 가장 결핍되었던 것이 자식에게 과잉으로 나타난다고 했던가. 자식에게 절대 물려주고 싶지 않은 그것을 경계하느라 나는 다른 많은 걸 놓칠지도 모른다. 그래서 아이를 키우는 일이 더 어렵고 힘들게 느껴지기도 한다. 잘하고 싶어서, 실수하고 싶지 않아서. 내가 만든 거울에 나의 못난 부분이 비춰지는 게 죽기보다 싫어서. 이런 생각을 모두 버리고 자유롭고 싶다.

아빠, 아빠도 나도 이제 그만 자유로워지면 안 될까? 우리 모두 해방되면 안 될까?

끝나지 않을 이야기

제주로 이주하고 얼마 지나지 않아 만난 친구들은 대부분 이주민이었다. 나처럼 꿈을 품고 제주로 이주한 육지 사람들. 출신지도, 나이도 제각각이고 그만큼 개성도 강한 사람들이었다. 나고 자란 지역을 떠나 뜻하는 바가 있어 제주로 온 사람들이기 때문일까. 결이 맞지 않는 친구들과는 자연스럽게 거리를 두게 되고, 잘 맞는 친구들과는 깊이 친밀해지면서 새로운 친구 관계를 유지하고 있다. 처음에는 이주민들끼리만 어울리다가 제주에 사는 시간이 점차 길어지면서 제주 출신의 친구들도 점점 늘고 있다.

D는 처음으로 사귄 제주 출신 친구다. 제주에서 태어나 학생 때 제주를 떠났다가 다시 고향으로 돌아온 D가 출산을 했

다. 그의 출산이 각별하게 느껴지는 것은 그가 나에게 베풀었던 마음 때문이다. 그는 나의 임신, 출산, 육아 초기의 우울증을 가장 가까이서 지켜봤다. 나의 아이가 어린이집에 가지 못하는 주말에 내가 생업을 하러 가면 제대로 걷지도, 말하지도 못하는 내 아이를 몇 시간씩 돌보아주었던 D. 나보다 두 살이 어리지만 어떤 때는 친구처럼, 언니처럼, 엄마처럼 나를 걱정하고 사랑해주는 D.

내가 임신 당시 그에게 말한 수백 가지의 부조리. 결혼과 임신과 출산과 육아가 한 여자의 육체와 마음을 어떻게 구겨버리는지, 하지 못해서 불편한 것과 해야만 해서 괴로운 일들은 어떻게 나를 압박하는지. 그는 그 모든 것을 뚫고 몇 해 전 결혼해서 아이를 낳았다. 나의 아이가 태어난 유월에.

내 아이는 뱃속에서나 세상에 나온 지금이나 또래 중 가장 작다. 역아라는 것을 확인했을 때부터 제왕절개 수술을 하는 날까지 한 번도 머리를 아래로 돌린 적이 없었고 양수 양도 늘지 않았다.

그런 태아와 달리 내 몸은 나날이 부풀었다. 임신 전 몸무

게보다 25킬로그램이 늘었고 관절과 근육은 아우성이었다. 내 몸을 내 마음대로 하지 못한다는 감각은 생각보다 훨씬 더 절망적이었다. 그 좋아하던 술을 마시지 못하고 마음껏 뛰지도, 오래 걷지도 못한다는 것은 이미 중요한 일이 아니었다.

만삭이 되자 발톱조차 내 손으로 깎지 못했고, 깊은 잠에 이를 수도, 먹은 걸 제대로 소화시킬 수도, 소변을 시원하게 볼 수도 없었다. 겨우 잠이 들었다 싶으면 다리에 쥐가 나서 깨기 일쑤. 편한 자세로 잠들지 못하는 것은 물론, 똑바로 눕지도 못하고 왼쪽으로만 누워서 자다 보니 악관절에 통증이 생겼고, 점점 심해져 입을 크게 벌리기도 어렵고, 하품을 할 때마다, 크게 웃을 때마다 고통스러웠다. 크게 웃을 일도 별로 없었지만, 불시에 웃기라도 하면 턱이 빠지고 소변이 새니 웃는 것도 싫었다. 다 귀찮고 아프고 괴로웠다.

임신한 내 몸에 대해 한순간도 잊은 적이 없다. 그 이물감, 불편함, 임신부를 바라보는 이중적인 시선. 혼자만의 태교 여행을 한답시고 제주 동쪽으로 떠난 적이 있었다. 남편은 육지에 일이 있어서 제주를 떠나 있었다. 혼자만의 여행이 얼마 만인가 싶어 들떠 있었다. 제주의 한 호텔에 묵으면서 주위 맛집을 찾아다니고, 서점에 가서 책을 사오고, 해변을 따라 걸었다. 청탁 받은 시를 쓰고, 밤에는 무알코올 칵테일을 마시며 펍에 오가는 사람들을 구경했다.

오지 않는 잠을 붙잡아 억지로 누웠던 새벽, 갑자기 오른쪽 아랫배가 무엇에 찔린 듯이 아팠다. 나는 맹장염을 경험해보지 않았기 때문에 그것이 맹장염인지 임신과 관련된 것인지 알 수가 없었다. 산달까지는 아직 멀었으니 산통은 절대 아닐 텐데, 도대체 이 고통은 뭘까. 몇 시간을 홀로 끙끙 앓다 새벽 6시에 조산원 원장에게 전화를 걸어 다 죽어가는 목소리로 이 고통에 대해 물었다(당시 나는 자연주의 출산을 하겠다고 마음먹고 제주의 한 조산원과 산부인과 병원을 모두 다니고 있었다). 당연히 그도 맹장염일 수 있다는 말을 했고, 최대한 빨리 병원으로 가서 검사를 하고 처치를 받는 게 좋겠다고 했다. 걷기도 힘든 상태였지만, 나 혼자 해내야 할 일이었다.

절뚝거리며 짐을 챙기고, 모두 잠든 시각에 체크아웃을 하고, 차로 달려 제주 시내의 큰 병원 응급실로 갔다. 모든 동의서에 나 홀로 서명을 하고, 움직이는 침대에 누워 초음파를 찍고, 피를 뽑았다. 하지만 염증 수치는 정상. 의사들도 원인을 모르겠다고 했다. 더 정밀한 검사를 받으려면 더 큰 병원으로 가봐야 한다는 말과 함께. 응급실 침대에 누워 몇 시간을 보내고 나니 점차 통증이 사라졌고, 홀로 퇴원 수속을 밟고 집으로 돌아왔다.

비슷한 시기에 임신을 한 지인에게 이 일에 대해 이야기하니 여행하는 동안 맛있는 걸 많이 먹어서 그런 게 아닐까, 하고 말했다. 너무 과다한 당을 섭취해서 탈이 난 것이라는 의미였다. 그 말을 듣는데 왜 그렇게 서럽던지. 임신당뇨 검사를 앞두고 있는 시기였기에 조금 과식한 것 같아서 호텔에서부터 해변까지 왕복 4킬로미터나 되는 거리를 걷고, 엘리베이터도 이용하지 않았는데. "임신한 여자는 아무 생각 없이 먹는다"라는 소리가 듣기 싫어서 그렇게 노력했는데.

당시 하루가 다르게 불어나는 몸 때문에 나 스스로도 겁을 먹고 있었기에 그런 말을 듣자 두려움과 자괴감이 동시에 나를 짓눌렀다. 저런 말은 이제 그만 듣고 싶은데. 급격하게 불어가는 몸을 보며 가장 괴로운 건 나인데. 가만히 누워 우울감에 빠져 있을 때, K에게서 연락이 왔다.

K는 제주로 이주해 가장 먼저 사귄 이주민 친구이자 딸을 키우고 있는 육아 선배이기도 하다. 제주 이주 초반에 그녀가 없었다면 버틸 수 없었을 것이라 확신한다. K는 두 살 어린 나를 친동생처럼, 딸처럼, 친구처럼 아껴주었다.

그는 나의 통증과 증상에 대해 꼼꼼히 물어보았다. 그리고 자기가 하루 종일 조사를 해서 찾아낸 것인데, 내가 겪는 아픔이 원형인대 통증일지도 모른다고 말했다.

원형인대는 포궁을 받치고 있는 인대로, 당연히 포궁이 확장되기 전까지는 거기에 인대가 있다는 걸 알 수조차 없는 근육이다. 나의 경우 최근 급격하게 포궁이 늘어나고 있고, 여행에서 무리해서 걸었기 때문에 인대에 무리가 온 게 아닐까 한다고, 죽 같은 걸 먹어보고 토하거나 설사를 하지 않고 상태가 괜찮으면 원형인대 통증일 수 있으니까 푹 쉬면 될 거라고 안심시켜 주었다. 그의 말대로 하루 정도 푹 쉬니 그날 새벽 느꼈던 극심한 고통이 씻은 듯이 사라져 있었다.

나는 임신부였던 나를 절대 잊지 않으려 한다. 그 고통, 우울, 좌절의 바닥에서 꽝꽝 울던 나에게 보여주었던 그녀의 사랑. 그것을 잊지 않으려 지금 나는 이 이야기를 쓴다. 그 당시 나에게 많은 사람이 갖다 댔던 이중 잣대를 내 앞 임신부에게 똑같이 들이대지 않기 위해서.

100명이 임신을 하면 100명의 경험이 모두 다르다. 임신은 여성에게 일어나는 일이라는 것 말고는 단 하나도 같은 게 없다. 그럼에도 나와 K, 그리고 D가 서로의 임신과 출산에 대해 깊이 이해하고 보듬어줄 수 있는 이유는 단 하나. 내가 겪은 것을 너도 겪고 있구나, 하는 공감의 마음. 나는 K에게서 그 마음을 받았다. 그걸 D에게 주고 싶다. 게다가 D가 임신과 출산을 겪던 때는 바야흐로 코로나 시국이었다. 그 어지러운 날들 가운데 배 속에 아이를 키워냈다니. 그 자체로 너무나 훌륭하고 대단하지 않은가.

◯◯

생살을 찢고 나왔으니
나와 너

우리의 고향은 차가운 칼이다

이생이 끝난다 해도
흉터는
뜨거움을 간직하고 있다
내 몸에 새겨져
나와 너를 태우는

외로운 수술대 위에서
하나였던 인간이 둘이 되었고
다시 눈을 떴을 때

너는 형벌처럼 나타났다

떨림을 멈출 수 없었다

너를 살리는 것은 나의 벌
나를 살리는 것은 너의 죄

문득문득 열꽃으로 피었다 사라지는 너의 얼굴

천천히 움직이는 네 볼을 쓰다듬으며
가슴을 친다
다시는 둘이 되지 말자
세상에 그 누구도 내지 말자

누구도 가르쳐주지 않았지만
허기 쪽으로
네 입술이 움직인다

울지 마, 울지 마

나의 과거를
너의 미래를
우리의 고향으로
돌려보내지 않기로
약속해

네 배를 토닥이며

나를 달래는 일

그것만이 이 차가운 칼끝에서

내가 할 수 있었던

처음이자 마지막

사랑

- 강지혜, 〈제왕절개〉 전문, 《이건 우리만의 비밀이지?》, 민음사,
2022

어머니는 제왕절개로 나를 낳았다. 나 역시 배를 찢어 아이를 꺼냈다. 병원에서의 조리는 남편과 시어머니가 도와주고 있었는데, 이틀 후 시어머니가 떠나고 남편만 남아 있을 때 자궁수축 주사를 맞기 시작했다. 그렇게 시작된 훗배앓이.

포궁이 수축되면서 수반되는 고통을 훗배앓이라고 부른다는 것도 그때 처음 알았다. 훗배앓이는 내가 세상에 태어나서 겪어본 그 어떤 고통에도 견줄 바가 아니었다. 무통주사를 요청해서 맞았지만, 맙소사. 나는 무통주사에 알레르기가 있는

몸이었다. 온몸이 가려운 부작용이 나타난 것이다.

극심한 고통 때문에 무통주사를 맞으면 몸이 가려워 피가 날 때까지 긁고, 그래서 무통주사를 끊자니 배에서 불이 타고 있는 고통이 느껴지고. 이러지도 저러지도 못하고 고통으로 잠도 이루지 못하는 상태에서 나는 계속 죽음을 생각했다. 이 고통이 계속된다면 차라리, 차라리 모든 게 끝났으면.

아이를 보러 가고 싶은 마음도 없었다. 몸을 일으키는 것조차 어려운데 모두가 입을 모아 빨리 움직여야 회복이 빠르다고, 아이를 좀 보러 가라고 말했다. 신체적 회복과 심리적 회복 그 어떤 것도 나는 아직 해내지 못했는데.

억지로 미역국을 마시고, 감히 죽음에 견줄 만한 고통을 온몸에 두르고 어기적어기적 걸어 신생아실 앞에 섰다. 투명한 창을 가운데 두고 나와 아이가 만났다. 아이는 제 아빠를 꼭 닮아 있었다. 작고 붉고 퉁퉁 불어 있는 몸. 채 뜨지도 못한 눈, 입술만 오물오물 움직이는 작은 존재. 이 모든 고통이 너를 얻기 위해서였다니. 너는 나에게 얼마나 귀하고 또 얼마나 형벌 같은가.

아이를 낳고 병원에 입원해 있는 동안 어머니는 일본에 있었기에 우리는 통화로 안부를 나누었다. 내가 훗배앓이에 대해 어머니에게 말하자 어머니는 매우 크게 공감했다. "우리 때는 무통주사가 다 뭐야. 그런 것도 없었지. 게다가 너는 역아였다가 다시 돌아왔다고 해서 자연분만을 하는 중에 갑자기 발부터 나오기 시작해서 마취도 없이 긴급 제왕절개를 했어. 근데 차라리 배를 칼로 자르는 게 덜 아프더라. 훗배앓이는 정말 너무 지독했어. 옆에 총이 있다면 머리를 쏴버리고 싶을 정도였으니까."

어머니와 통화를 끝내고 침대에 누워 온몸을 긁어대며 생각했다. 우리의 고통이 이어져 있구나. 이 고통이 어쩌면 저작은 아이에게도 이어지겠구나. 그런 생각이 들자 몹시 두렵고 외로웠다. 하지만 시간이 지나면서 나는 결연해졌다. 이 고통을 말해야 한다. 연결된 우리 모두를 위해.

D가 얼마 전 나에게 이런 말을 했다. "언니가 나보다 먼저 아이를 낳고 길러봐서 얼마나 좋은지 몰라요. 철저히 예습을 하고 있으니까." 겸연쩍어 허허 웃었으나 실은 그녀를 꼭

안고 싶었다. 하지만 우리 둘 다 낯간지러운 행동을 잘 못하는 편이라 그 마음은 꾹 참고 대신 육지로 떠난 지 벌써 몇 해가 된 K에게 문자를 보냈다. "내가 언니랑 많이 친했지만, 연고 없는 제주에서 딸 키우면서 얼마나 어렵고 외로웠을지 그때 난 아무것도 몰랐네요. 갑자기 언니한테 미안하네. 그리고 보고 싶고." K에게서 답이 왔다. "그때 너 아니었음 내가 딸 어떻게 키웠겠어. 도움 진짜 많이 받았지. 힘들긴 했는데 그래도 네 덕에 덜 외로웠어. 나도 보고 싶어."

우리가 이어져 있다는 믿음. 아니, 분명한 확신. 이것이 너에게도 전달될 수 있게, 나는 끝나지 않을 이 이야기를 쓰고 또 말할 것이다.

계속해서 늙는 것

◐◑

어제의 엄마는 자꾸 나를 떠나

늙음은 변심 같은 것

가장 슬픈 순간이 언제였어

- 이우성, 〈계속〉 전문, 《내가 이유인 것 같아서》, 문학과지성사,
2022

아이가 다섯 살이 되자, '시간'이라는 것에 대해 궁금해하
기 시작했다. 특히 인간의 시간에 대해서. 아마도 엄마의 엄마
와 아빠를 보게 되고, 아빠도 엄마가 있고, 아빠가 존재한다는

것을 깨닫게 되면서 가계에 대한 인지가 생긴 탓일 것이다.

"엄마, 엄마의 엄마는 할머니잖아?"

"응."

"엄마가 어른이라서 엄마의 엄마가 할머니가 된 거랬지?"

"응. 그렇지."

"그럼 내가 어른이 되면, 엄마는 할머니가 되는 거야?"

"그럼."

"계속 계속 할머니가 되면 어떻게 되는데?"

"나중에는 죽지. 하늘나라로 가는 거야."

"죽으면 어떻게 되는데?"

"…… 안타깝지만 죽으면 다시는 만날 수 없지."

"안 돼. 엄마 그럼 죽지 마. 할머니 되지 마."

"그렇지만 네가 조금씩 자랄 때 엄마는 조금씩 늙어. 그건 누구도 어쩔 수 없는 거야. 그리고 죽어도 다시 만날 수 있어. 우리가 잠들면 꿈을 꾸잖아? 그 꿈속에서 종종 만날 수 있거든. 네가 엄마가 필요하다고 느낄 때, 그때 꿈에서 만나면 되잖아."

"그래도 안 돼. 엄마는 죽지 마."

대화 끝에 결국 아이는 울어버렸다. 엄마가 세상에서 사라지는 게 가장 두려울 아이에게 너무 많은 걸 말해주었나 싶었다. 내가 굳이 그런 말을 하지 않아도 이 세상에는 울 일이 너무 많은데. 어둠 속에서 잠든 아이의 얼굴을 바라보았다. 나와 아이 사이에 흐르는 시간이라는 거대한 흐름에 대해 생각해보았다. 그 누구도 어찌할 수 없는 것. 이 세상 그 누구도 거스를 수 없는, 시간이라는 냉정하며 또 공평한 존재.

엄마가 우리 집 근처에 방을 하나 구했다. 예전부터 일하며 아이를 키우는 나를 돕기 위해 얼마간 내 곁에 있어주겠다는 약속을 했는데, 코로나 팬데믹이 종료되고 일본과 한국 간의 교류가 가능해지자 내게 온 것이다.

혼자 살 집을 구하는 일이야 잘만 찾으면 금방 가능하지 않을까 싶었는데 생각보다 어려운 일이었다. 60대 여성이 안전하게, 건강에 무리가 되지 않게 지낼 수 있으면서도 운전을 하지 않는 엄마를 위해 병원이나 마트 등 생활 인프라가 적당히 있는 지역이어야 했다. 게다가 내 집에서 너무 멀지도, 그렇다고 너무 가깝지도 않아야 했다.

엄마가 한국에 나올 때마다 몇 달에 걸쳐서 집을 알아봤다. 나는 늘 일이 많은 편이지만 특히 엄마 집을 구할 무렵 물리적으로 정말 바빴는데, 그 시간을 쪼개 이리저리 돌아다녀야 하니 신체적으로 지치는 게 사실이었다. 엄마도 내가 바쁜 와중에 집을 알아본다고 분투하는 것을 잘 알아서, 완벽히 마음에 들지 않는 집이지만 서둘러 결정하려는 듯 보였다.

그러나 인연이 아니었는지 엄마가 마음에 든다고 했던 집 몇 곳과는 계약이 불발되었다. 그러다 겨울의 끄트머리에 적당한 가격에, 엄마의 마음에 드는 집을 보게 되었다. 앞선 경험을 통해 빨리 결정하는 것이 좋을 것 같아서 몇 시간 만에 마음을 정하고 계약서에 도장을 찍었다. 계약서에 사인을 하는 엄마의 옆모습을 바라보며 생각했다. 24년 만에 엄마와 (같은 지역에) 살게 되었구나, 하고.

20대 초반에 일본으로 워킹 홀리데이를 떠났을 때 4개월가량 엄마와 함께 산 적이 있지만, 그때와 지금은 또 느낌이 다르다. 아마 지금은 내가 '엄마'가 되었기 때문이겠지. 나는 이제 엄마의 딸로 딸의 엄마로 살고, 엄마이자 딸로 딸이자 엄마로 생각하고 행동한다. 그런 나의 관점으로 보는 엄마는, 어린 시절 내가 알았던 엄마와는 사뭇 다른 모습이다.

엄마가 이사하고 며칠 뒤, 엄마가 살게 된 동네를 함께 걸었다. 엄마가 생활할 곳의 지리를 익힐 수 있도록 도울 요량이었다. 엄마가 사는 곳에서 출발해 큰길을 따라 랜드마크가 되는 곳까지 걷고, 거기서부터 가까운 바다까지 걸어보았다. 자주 가게 될 병원과 마트, 시장 등을 짚으며 어느 골목에서 무엇이 보이면 오른쪽으로 가고, 어떤 표지판이 나올 때는 왼쪽으로 돌아야 하는지를 꼼꼼히 설명해주었다. 마치 초등학교에 입학하는 여덟 살 아이에게 학교 가는 길과 그 길에 만날 수 있는 온갖 정보와 위험 등을 설명해주는 부모처럼.

내게 익숙한 것을 익숙하지 않은 누군가에게 알려주는 것이라고 생각하면 담백할 텐데, 자꾸 나는 부모가 자식에게 무언가를 처음 가르칠 때가 생각났다. 아무래도 내가 이제 막 유아 티를 벗은 아이를 키우고 있어서 더 그런 걸지도 모르겠다. 집을 구하기 전에도 엄마가 한국에 오랜 시간 체류하게 되면서 휴대폰 만드는 것부터 은행 계좌 트는 것, 대중교통 이용하는 법, 도어록 해제하는 법에 이르기까지, 모든 것을 하나부터 열까지 가르쳐주었다. 도어록의 터치 패널을 손가락으로 꾹꾹 누르면서 엄마가 멋쩍게 웃으며 말했다. "내가 예전에 너한테 해줬던 것처럼 이젠 네가 나한테 가르쳐주네." 시간은 언제 이렇게 흐른 걸까. 엄마는 언제 이렇게 늙었을까. 나는 언제 이렇게 어른이 되었을까.

90대 노모가 60대 아들에게 "늘 차 조심하면서 다녀!"라고 잔소리를 한다는 이야기를 알고 있다. 부모의 눈에는 육십이 되어도 자식은 자식일 테니까. 내가 아무리 어른이 되었어도 엄마의 눈에는 아직 어린애로 보이겠지. 이제 막 여섯 살이 된 딸을 바라보며, 이 앳된 얼굴이 시간의 흐름에 따라 변한다 해도 언제까지나 이런 꼬맹이로 보이겠지? 자문해본다. 아닐까? 먼 훗날의 나는 이렇게 귀여운 내 자식의 유년을 잊게 될까?

엄마는 요즘 나와 동생의 생일을 잊어버린다. 엄마 역시 나만큼이나 임신과 출산이 고통이었는데, 그 시간을 잊을 수 있는 걸까? 모든 걸 다 기억하면서 살 수는 없겠지. 그것만큼 고통스러운 게 없을 테니까. 망각이 신의 선물인 것처럼 아무리 자식에 대한 기억이라도 잊고 사는 게 엄마에겐 숨 쉴 수 있는 틈이었을까? 아직 아이가 없던 때 그런 생각을 해본 적이 있다. '엄마는 어떻게 날 잊고 살 수가 있었을까.' 내 생에서 나만큼이나 아이가 중요한 존재가 되어버린 지금은 다른 의문이 든다. '얼마나 가혹했을까. 자식을 잊어야만 살 수 있는 삶이란.'

요즘 엄마는 하루가 멀다 하고 병원에 다닌다. 다른 신체 활동 없이 노동만 연속해온 탓인지 여기저기 쇠해져 있다. 젊은 시절 몸을 돌보지 못하고 일만 해왔던 엄마는 되레 딸 걱정만 한다. 내가 일이 너무 많은 것을 안타까워한다. "그렇게 일하면 몸 다 버려." 자식이 당신과 같은 삶을 살까 봐, 그게 두려운 것이다. 자식이 자신 같은 인생을 살길 바라는 부모가 몇이나 있을까. 그런 마음을 가진 부모가 되려면 어떤 인생을 살아야 할까.

여섯 살이 된 아이는 이제 어린이집에서 낮잠을 자지 않는다. 평소에는 항상 자던 것을 못 자니 하원 버스에서 내릴 때마다 곤죽이 된 모습이다. 낮잠을 자지 않는 스케줄에 아직 적응이 덜 된 탓이다. 어린이집 버스 정류장에서 집으로 가는 짧은 거리 내내 하품을 하며 어리광을 부린다. 너무 졸린다고, 너무 힘들다고. 낮잠을 못 자서 해롱거리는 아이를 보며 깨닫는다. 일이 많아 잠을 제대로 자지 못하는 나를 보며 엄마는 어떤 생각을 할지. 애석하게도 사랑은 마치 물처럼 위에서 아래로만 흐른다고 한다. 시간 역시 그렇다. 무정하게도, 앞으로만 흐른다. 이런 요인이 우리를 후회 속에 살게 하는 거겠지.

엄마는 이사하고 얼마 되지 않아 나 먹으라고 귤잼을 만들었다. 귤껍질을 하나하나 벗기며 엄마는 무슨 생각을 했을까. 아마도 내가 내 딸에게 먹일 생선 가시를 바를 때와 같은 생각이겠지. 안타깝지만, 애처롭지만, 우리는 계속해서 늙어만 가겠지.

애써 우리일 필요 없어

◐◑

가족사진 속의 인물들이 앉거나 서 있다
매 순간 떠날 것을 다짐하는 앉은뱅이도 있다

나는 불행이 방문을 닫고 나갈 때까지 가만히 지켜본다

한 사람이 아프면 너도나도 약을 먹었다
우리 모두의 것이 틀림없다

- 유계영, 〈가족사진〉 전문, 《이런 얘기는 좀 어지러운가》, 문학동
네, 2019

이 시는 제목 그대로 '가족사진'에 대해 말하고 있다. 분명 화목한 가족들이라면 응당 찍는 가족사진일진데, 왠지 위화감이 든다. "매 순간 떠날 것을 다짐하"면서도 왜 우리는 가족사진을 찍는 걸까. "불행"은 가족사진에 끝내 끼지 못하고 "방문을 닫고" 나가버린다. 실은 불행 역시 가족의 일원이지 않나. "한 사람"의 아픔은 우리 모두의 아픔일 수밖에 없겠지. 우리가 주고받은 아픔일 테니까.

우리가 된다는 건 뭘까. 우리들은 전혀 다른 '나'와 '너'가 만나서 진정한 '우리'가 되는 이야기에 열광한다. 잃었던 무언가를 찾았다며 찬사를 보내고, 흥분한다. 우리가 되는 이야기는 진정 아름다운 이야기이고, 멋진 지향점이다. 나 역시 사는 동안 줄곧 '진정한 우리'가 되고 싶었다. 화목한 가정의 거실에 꼭 걸려 있는 가족사진 한 장을 그토록 갖고 싶었다. 진정한 우리가 무엇인지 알지도 못하면서 어떻게든 '우리'가 되고 싶어서 지금까지의 위태롭고 거친 삶을 감내해왔다. 사람은 사람 없이는 무엇도 이루지 못하는 나약한 존재이기 때문에. 내 옆에 너와 끝내 헤어지지 않을 '우리'가 되고 싶어서.

그러나 언젠가부터 내가 원하는 '우리'라는 것이 진정 존재하는지에 대해 의문이 들기 시작했다. 도대체 '우리'라는 건 뭘까. 나는 왜 '우리'를 꿈꾸는 걸까. 내가 우리를 이루고자 하는 '당신'을 도저히 이해할 수가 없는데. 나와는 너무나 다른 존재인 당신과 나는 화합되지 않고 끊임없이 불화하는데. 나는 너와 너무 달라. 그래서 너의 모든 게 불편해. 나를 힘들게 해. 그런데도 왜 나는 우리를 꿈꾸는 걸까. 왜 나와 너는 우리를 꿈꿔 나와 너 모두 불행 속에서 함께하는 걸까.

'거리두기'라는 말은 코로나 이전에도 존재했지만 코로나가 심했을 당시처럼 빈번하게 쓰이는 단어는 아니었다. 특히 가족 단위, 소속 단체 등에서 오는 유대감을 중요시하는 한국에서는 더욱 익숙하지 않은 말이었다. 서로에게 바이러스를 옮기지 않기 위해서 사람 간 '거리두기'를 해야 한다고 했을 때, 부정적이고 절망적인 느낌이 들었다.

사람과 사람 사이의 물리적인 거리를 지켜야 한다니. 사람이라면 본디 밀접하게, 함께 어우러져야 하는 것 아닌가. 많은 사람이 모여 다 같이 밥을 먹고, 술잔을 돌리며 속에 있는 마음을 내보이고, 조금은 추하고 약한 모습을 서로 공유하는 그런 경험이 누구에게나 필요한 거 아닌가.

하지만 거리두기가 정책적으로, 문화적으로 시행된 지 3년이 지났고 많은 사람이 인정하게 되었다. 어떤 거리두기는 반드시 필요했다는 것을. 불필요한 접촉과 필요 이상으로 가까운 관계가 물리적으로 제한되자 뭔지 모르게 삶이 쾌적해졌다. 관계가 단순화되자 삶이 좀 가뿐해졌달까. 이건 나만 느끼는 감정이었을까?

한때 나는 원가족과 나 자신을 떼어내고 싶었다. 특히 아버지, 그리고 아버지 쪽 친족과 거리를 두고 싶다는 마음이 컸다. 아버지를 비롯한 삼촌, 고모들을 사랑했지만 그들이 나에게 부여하는 여러 역할이 어린 내가 버티기엔 너무나도 버거웠다. 여러 지면을 통해서 밝힌 바 있지만 내가 결혼을 결심한 이유 중 하나가 이것이기도 하다. 핏줄로 연결되어 있을 뿐, 우리는 너무나 다른 사람들이었다. 특히 성인이 되고 나서부터 원가족과 함께하는 시간은 불편함으로 가득 차 있었다.

아버지 역시 성인이 된 자식을 어떻게 대해야 하는지 어려웠을 것이다. 오랜 시간 자식의 보호자로서 살다 보니 그 역할이 끝났다는 사실을 인지하기도, 인정하기도 어려웠을 것이다. 아버지와 끊임없이 불화했던 20대 초반을 이제 와 생각해 보면 아버지는 통제되지 않는 자식에게서 어떤 두려움을 느꼈을지도 모르겠다. 당황스러웠을 것이다. 그 마음을 아버지도 어쩔 수 없었던 것이다.

그러나 그 당시의 나는 아버지 입장 따위 생각할 시간이 없었다. 나는 치기 어린 20대였다. 그저 이 상황에서 벗어나고만 싶었다. 여기서 벗어날 수 있다면 그것이 '자립'이 아니어도 상관없었다. 그 지점이 패착이었다. 착하고 성실한 사람을 만나 결혼했으나 그것은 원가족에게서 벗어나 또 다른 원가족을 만든 것뿐이었다. 새로운 가족은 새로운 종류의 불편함을 가져왔다. 게다가 이것은 내가 선택한 불편함이었다. 새로운 가족에게서 느껴지는 불편함에는 내가 이 길을 선택했다는 자책까지 더해져 거대한 불화가 되었고, 그것이 나 스스로를 공격하기에 이르렀다.

가족 외의 관계 역시 쉽지만은 않았다. 어린 시절 같은 시간과 공간을 공유하며 사귄 사람이 아닌 경우라면(경우에 따라

선 오래된 친구라 할지라도), 사회에서 만난 사람은 모두 이해관계라는 것이 존재했다. 즉, 자신에게 이로운 것과 해로운 것을 모두 따져가며 행동해야 한다는 거다. 하지만 계산적인 사람으로 보이는 것이 미덕이 아닌 사회에서, 특히 남의 눈을 많이 의식하는 사람이라면? 끊임없이 손해를 보게 될 가능성이 크다. 나는 상대방을 배려하는데(좀 더 솔직하게 말하면 상대방의 눈치를 보는데) 상대방은 자신의 이득만을 위해 행동하는 일이 왕왕 있었다. 나는 짐짓 사람 좋은 척 그의 이기심을 너그럽게 용인해주었으나, 이해관계가 얽힌 사이에서 군이 손해를 보는 쪽은 쉽게 바보 취급당했다.

나는 쉽게 기만당했다. "쟤한테는 저래도 돼"라고 내 면전에 대고 소리 내어 말하는 사람은 없었지만, 나는 매번 다른 사람이 해야 할 일을 떠넘겨 받곤 했다. 남에게 피해를 주지 않는 선이라면 내가 취할 것을 취해도 된다. 그런데 나는 그러질 못했다. 나만이 이득을 보았을 때 상대방이 불편해하는 모습을 보는 게 어려웠다. 좋은 게 좋은 거라 생각했다. 상대방만이 좋은 것일 뿐인데도. 사람들은 모두 내게 "편하고 착한 사람" "일을 도맡아 하는 성실한 사람"이라고 했지만 그건 그저 나의 위선이었다. 사람과 사람 사이에서 적당한 거리를 두지 못한 나의 실패였을 뿐이다.

사람 사이의 일은 너무 어려웠다. 나는 계속해서 악수를 두고 있음에도 판을 떠나지 못하는 하급 바둑기사 같았다. 그렇다. 너무 어려우면 그저 그 판을 떠나면 그만인데. 물리적, 시간적 거리 속에 나를 숨겨둘 줄도 알았어야 하는데.

이제는 '진정한 우리 되기'에 대한 집착을 내려놓을 때가 되었다. 그건 억지로 되는 게 아니라는 걸, 이제야 깨달았다. 이 간단한 원리를 깨닫게 된 건 반려견 신지와 가족이 되고 나서부터다. 동물들은 합리적이다. 한 공간에 여러 사람이 있을 때 마음속 우선순위를 정하고 그에게 애정을 쏟는다. 온몸으로 "난 너만 있으면 돼. 다른 건 굳이 필요 없지. 너와 나의 사랑이 있다면 다른 건 부차적인 일이야"라고 말하는 것 같다. 그렇게 동물에게 간택(?)을 받은 사람은 그 따뜻함과 오롯이 연결된 기분을 느낀다. 그래서 둘 사이에는 끈끈하고 단단한 감정의 끈이 생긴다. 관계가 단순할 때 알게 되는 오롯한 신뢰. 혹자들은 그 믿음이 바보 같을 만큼 우직하다고 안타까워하기도 한다. 하지만 우직하기에 합리적이고 깔끔하다.

반면 나는 참 어리석었다. 수많은 사람의 사랑을 원했다. '우리' 안에서 모두에게 사랑받고 싶었다. '모두에게 사랑받고 싶어. 제발 누구 하나라도 나를 미워하지 마. 모두에게 미움받는 걸 견딜 수 없어. 모두가 나를 아껴줘.' 하지만 이것은 영원히 불가능한 욕망. 불가능한 관계다.

'진정한 우리 되기'가 끝내 불가능하지 않다고 믿는 사람들은 말한다. 내가 이렇게까지 노력하는데, 나 자신을 깎아가면서까지 당신과 하나가 되기 위해 노력하는데, 내 노력이 헛될 리가 없다고. 내가 그랬듯 스스로를 세뇌시키고 있다.

그러나 당신은, 나는, 뼈아프게도 틀렸다. 가족도, 친구도 내가 마음에 들지 않고 싫을 수 있다. 내가 부담스럽거나 나를 피하고 싶을 수 있다. 내 목소리가 싫을 수도, 내가 SNS에 올리는 사진이, 내가 은연중에 드러내는 사상이 싫을 수도 있다. 왜 모든 사람이 나를 사랑해야 할까. 왜 모든 사람이 나를 가여워하고 나를 이해해야 할까?

미움은 힘이 세다. 어쩔 때는 사랑보다 강하다고 느껴진다.

특히 나처럼 사람을 좋아하는, 외향적인 기질을 가진 사람일수록 미움에 더욱 예민하게 반응하는 것도 같다. 어쩔 때는 누군가 나를 불편해하지 않을까 하는 불안감이 하루 종일 내 몸을 칭칭 감싸고 있는 것 같다. 나는 그 족쇄를 풀고 나올 힘 따윈 없으니까. 결국 그 불안감에 잠식되어 버리는 것이다.

그러나 오롯이 나만을 생각하고 나의 모든 것, 나라는 사람 자체를 사랑해 마지않는 존재가 있다면. 그 존재가 누구든, 무엇이든, 그에게 오롯이 사랑받아본 사람이라면 알게 된다. '나는 나 자체로 완벽하구나, 그렇기에 자유롭구나.' 나 혼자로도 충분히 자유로운 나. '우리'를 벗어난 나. '우리'의 꺼풀을 벗겨낸 나는 내가 그리던 것보다 훨씬 자유로웠다.

'우리'를 포기하면 모든 것이 끝나는 줄 알았는데, 그게 아니었다. 사람들은 내가 생각한 것보다 훨씬 개성 있고 고유하다. 나 역시 그렇다. 나의 고유함을 억지로 무시하고 모두와 함께 살 필요가 없다. 나를 당신에게 맞추려고, 당신을 나에게 맞추려고 할 필요가 없었던 거였다.

인정하자. 내가 지금껏 했던 노력은 헛수고였다. 가슴 아프지만 그것이 사실이다. 애써 모두와 우리일 필요가 없는 것이다. 나라는 고유한 존재를 오롯이 안아주는 당신 단 하나만 있다면, 우리보다 자유로운 나와 너 그리고 그 사이를 천천히 유영하는 사랑이 있을 것이다.

2부

오로지
나로서,

나에게 가는 길

오랜 시간 동안 나는 나와 반목해왔다. 좀처럼 화해할 수 없었다. 건강한 싸움이 아니었던 탓이다. 세상 그 누구보다 스스로에게 가혹했다. 인정사정 봐주지 않았다. 왜 그렇게 스스로가 마음에 들지 않았을까. 어릴 때는 지독히도 아팠던 10대가 빨리 끝나기만을 바랐다. 20대 때는 수렁에 빠져서 어떤 것이 시간인지, 어느 것이 후회인지 분간할 수 없었다. 젊음은 그 자체로 아름답지만 그만큼 위태롭기 짝이 없는 것이었다.

나는 내 젊음을 똑바로 볼 자신이 없었다. 눈을 질끈 감아버렸다. 어째서 "젊은 날엔 젊음을 모르고, 사랑할 땐 사랑이 보이지 않"는다고 말하는지 알겠다. 보지 못하는 것이 아니라 차마 마주할 용기가 없는 거였다. '나 따위가 감히 아름다운 것을 볼 자격이 있는 걸까. 그럼 그렇지, 내가 항상 그렇지 뭐'라는 생각을 해왔다. 그렇게 스스로를 끊임없이 평가 절하했다. 그건 나의 아주 오래된 나쁜 습관이다.

유년 시절 내가 아버지에게서 종종 들은 말이 있다. "네 까

짓 게 뭘 안다고 그러냐" "네 까짓 게 뭘 할 수 있냐". 나는
그것을 "'네까짓 게'의 저주"라 부른다. 저주는 구속력이 매
우 강하다. 때문에 한번 저주에 물들고 나면 그것을 없애기
는 매우 힘들다. 모든 동화의 주인공들이 그러하듯 저주를
없애려면 뼈를 깎고, 살을 도려내야 한다. 목숨을 걸어야
한다.

운 좋게도 나는 30대에 들어 저주를 푸는 법을 알게 되었
다. 나의 요술 할머니, 나의 요정, 나의 구원은 글쓰기였다.
나 스스로를 소중하게 대하지 않았기 때문에 나를 소중하
지 않게 생각하는 사람들을 만났다고 생각했다. 똥차만 만
나게 된다면 그건 내가 폐차장이기 때문이라는 말이 있듯
이. 한동안은 내가 폐차장이라는 사실마저도 너무 실망스
러워 더 깊은 수렁으로 빠졌다. 다시는 회생하기 어렵다고
느꼈다. 최악의 상태에서 최악의 실수를 저질렀고 더 이상
떨어질 바닥이 없었다.

그때부터 다시 글을 쓰기 시작했다. 내가 겪고 있는 모든 것을 다 적어버리자. 어차피 이제 내게 남은 건 이것뿐이야. 단순한 배출일 수도, 또는 그 고통에 대한 증거를 남기고 싶었던 것일지도.

글쓰기는 자꾸 나를 보게 했다. 내가 오랜 시간 내팽개쳐둔 나를. 오랫동안 스스로가 형편없다고 생각하고 살아왔는데 자세히 보니 그게 아니었다. 나는 단지 지쳐 있을 뿐, 그저 남들보다 조금 더 약했을 뿐이었다. 천천히 뜯어보니 나는 나약하지만 어떤 면에서는 이상하리만큼 강단 있기도 했다. 외골수지만 섬세하며 이타적이고 순수한 사람이었다. 나를 그저 나라는 존재로 보기까지 참 오랜 시간이 걸렸다. 이제 나는 글쓰기를 통해 나 자신에게 "수고했다"고 말해준다. 스스로를 사랑하고자 참 오랜 시간을 돌아왔구나, 정말 고생했어. 나의 유년과 나를 완성시켜주는 관계와 나의 구원 글쓰기에 대한 생각을 적었다. 나는 글쓰기를 멈추지 않는 내가, 이제야 조금 마음에 든다.

지하 동아리실, 거기서 만나

열네 살. "너는 꿈이 뭐니?"라는 말을 "밥 먹었니?"만큼이나 많이 듣는 나이. 그러나 어린 나는 꿈이 없었다. 내가 자라서 어른이 된다는 것도, 어른은 무엇인지도 도무지 알 수가 없었다. 내가 아는 어른들은 늘 불안정했다. 열네 살. 나이를 먹는다는 것이 곧 '어른'이 된다는 것은 아니라는 걸 어렴풋이 짐작할 수 있는 나이.

자라서 되고 싶은 것이 없었다. 아니, 자라고 싶지 않았다. 자라봤자 나이만 먹은 불안한 사람이겠지. 그저 하루하루 배를 채우고 고단한 몸을 뉠 생각만 가득한 날들이겠지. 가난 속에서 자란 아이들은 희망찬 미래보다 포기를 빨리 배웠다. 가난 속에 미래가 들어앉을 자리는 없으니까.

엄마와 아빠는 내가 초등학교를 졸업하기 직전에 이혼했다. 아빠는 양육권을 포기하지 않았고, 엄마에게 나와 동생을 언제든 보여주겠노라 약속하고 이혼했다. 아빠는 엄마랑 헤어지고 채 일 년이 지나지 않아 경제적으로 나락에 떨어졌다. 집안의 경제적 실세가 엄마였으니 너무나 당연한 결과였다. 아빠에게는 가정 경제가 어떻게 운영되는지에 대한 그 어떤 정보도, 노하우도 없었다. 그와 동시에 아빠는 엄마를 잃은 슬픔 속으로 빠져버렸다.

아버지가 슬픔에 허덕일 때, 나는 여자 중학교에 다녔다. 내 몸보다 두 치수 정도 큰 교복을 입고 단정한 단발머리에 안경을 낀, 평범한 여자애였다. 어린 나는 중학교에 잘 적응했다. 나는 친구들이 좋았다. 집에 가면 '오늘은 과연 아버지가 얼마나 슬픈지' 눈치도 봐야 하고, 동생도 챙겨야 하고, 집안일도 해야 하는데, 친구들과 함께 있으면 그런 걱정 없이 웃고 떠들 수 있었다. 공부에는 전혀 관심이 없었고 그저 친구들이 좋았다. 세상에 대한 걱정이 없는 앳된 여자애들. 여자애들의 웃음소리 속으로 파묻히는 게 좋았다.

학교가 파하면 친구네 집으로 몰려갔다. 당시는 PC가 각 가정마다 보급되기 시작하던 때였다. 모니터 앞에 모여 앉아 무한하고 유해한 웹의 세계를 돌아다녔다. 그러다 흥미가 사라지면 친구 아빠의 서랍장을 뒤져 담배나 냉장고에 있던 술 같은 걸 찾아내기도 했다. 돌아가며 담배나 술에 입을 대기도 했지만 그때뿐이었다. 종종 급식비를 슬쩍해서 친구들과 시내로 놀러 가기도 했다. 아이스크림을 사먹고, 노점에서 분식을 사먹고, 상점의 물건을 구경하면서 놀았다. 그리고 우리는 도둑질을 했다.

아주 작은 것들이었다. 주로 싸구려 액세서리, 판매대 위에 쌓여 있는 양말, 티셔츠 같은 것들이었다. 물건을 훔칠 때는 심장이 몸 밖에 있는 것 같았다. 내 심장이 저 앞에서 나를 보고 있었다. 그래서였나. 두려운 마음이 들었으나 현실감이 없었다. 모든 게 다른 세상에서 일어나는 일 같았다. 도둑질을 걸리지 않고 상점을 무사히 빠져나오면 우리는 인적이 드문 골목으로 모였다. 훔쳐온 물건을 죽 늘어놓고 살펴보았다. 물건들은 예쁘지도, 값어치 있어 보이지도 않았다. 그것을 집으로 가져가는 애는 없었다. 우리는 우리가 저지르는 비행의 종류에는 관심이 없었다. 다 같이 몰려다니고 까르르 한바탕 웃을 수 있으면 그것이 어떤 일이든 상관없었다.

학교에서 나와 친구들은 전혀 튀는 구석이 없는 애들이었다. 소위 '노는 애들'도 아니었고, 그렇다고 공부를 잘해서 주목받는 애들도 아니었다. 어느 학교에서나 볼 수 있는 평범한 애들. 단발머리나 포니테일을 한 무해한 표정의 여자애들.

내가 다니던 중학교 지하에는 단 하나의 탁구대와 한 벌의 탁구 라켓, 탁구공 몇 개가 구비된 공간이 있었다. 친구들 중 누군가가 선생님에게 탁구 동아리를 하고 싶다고 건의해보자는 아이디어를 냈다. 평범하고 무해한 여자애들에게 탁구 동아리를 금할 선생은 없었다. 얼마 지나지 않아 나와 친구들이 탁구장을 사용하게 되었다. 거기서 우리는 각자 집에서 밥이나 반찬을 가져와 큰 바가지에 넣고 다 같이 비벼 먹었다. 탁구대에서 진짜로 탁구를 하는 날도 있었지만, 탁구는 거들떠보지도 않고 주야장천 말만 하는 날이 더 많았다. 말이 흘러넘치다 보니 자연스럽게 속에 있는 이야기까지 하게 되었다. 동아리실 안에서는 탁구를 하는 날보다 비빔밥을 비벼 먹는 날,

누군가 울기 시작하는 날이 더 많았다. 동아리실이 아니라 비빔밥실이나 울음실이라고 부르는 게 맞지 않았을까? 그렇게 눈물 젖은 비빔밥을 먹으며 우리는 조금씩 자랐다. 나를 키운 건 여자애들이었다. 그 애들과 나는 서로가 서로의 거울이었고, 부모이자 선생이었다.

고등학교로, 대학으로 진학하면서 탁구 동아리실에서 울고 웃던 여자애들과는 연락이 끊겼다. 작정하고 잊은 건 아니지만 기억하려고 애쓰지도 않았다. 스무 살이 되어 이 시를 처음 보았을 때, 한 줄 한 줄 시를 읽으면서 나는 열일곱으로, 열다섯으로, 열네 살로 돌아갔다.

◐

여자애들은 모두 즐거워 보였다. 열두 살이 되면,

좋아하는 상점이 생길 거라고 말해주었다. 너희는 매일 상점에 들러서 몇 가지 물건을 쓰다듬을 거야. 그때의 기분과 손길을 잘 기억해두렴.

열네 살이 되면, 그렇게 백 번 만지고 몇 가지 물건을 사

는 동안 열네 살이 된 여자애를 친구로 사귀겠지. 너흰
둘 다 상점에서 물건을 훔친 경험이 있지.

이제는 전부 시시해졌어, 그 애가 울면서 말할 거야. 쓰
다듬어주렴. 좋은 친구는 아주 부드러워.

기억할 것들이 생기지. 열두 살이 되면,
열네 살이 되면, 나뭇잎을 떨어뜨릴 만큼 깔깔깔 웃기도
했지만

- 김행숙, 〈소녀들—사춘기 5〉 전문, 《사춘기》, 문학과지성사,
  2003

   김행숙 시인의 시, 〈소녀들〉은 소녀라고 불리는 시절의 우
리들에 대한 이야기다. 어쩌면 소녀 시절 그 자체에 대한 이야
기일지도 모르겠다. 단 몇 줄의 시가 유년 어딘가에 묻혀 있는
동아리실의 문을 열었다. 퀴퀴한 냄새가 나는 지하 탁구장에
희뿌연 빛이 들었다. 안녕, 여자애들아. 이름도 기억나지 않는
나의 친구들. 나를 훔치고, 먹이고 돌보았던, 나를 키운 애들.

너희는 어디서 누구로 살고 있니. 지금 네가 이 시를 읽는다면, 너의 동아리실의 문도 끼익 하고 열리겠지. 거기서 만나, 밥과 반찬 그리고 눈물을 가지고.

우리가 나눈 것이 사랑이었을까

전철역 안에서 나는 한 사람을 기다리고 있다. 태어나서 처음으로 누군가를 위해 구입한 장미와 딸기 무스 케이크를 들고서. 약속 시간은 이미 한 시간이 지났다. 문자도, 전화도 연결되지 않는다. 세 시간이 지났다. 딸기 향이 풍기는 무스 케이크 겉에 두른 비닐을 뜯자 녹아버린 케이크가 와르르 무너진다. '무스mousse'라는 게 그런 거라는 걸, 녹으면 먹을 수 없다는 걸, 본질을 잃게 된다는 걸, 그때 처음 알았다. 그날은 내가 처음으로 실연을 겪은 날이다.

나는 열여섯. 칼머리에 통이 큰 힙합 바지, 큰 티셔츠 위에 그보다 품이 더 큰 니트 조끼를 겹쳐 입고 다니는 여자애였다. 내가 중학생일 당시 많은 여자 학교에는 소위 '일진'이라고 불리는 애들, 학교생활을 효율적으로 해내는 '모범적인' 애들, 그리고 '이반'이라고 불리는 애들이 있었다. 나는 마지막 그룹에 속하는 애였다.

어쩌다 이반 문화에 발을 들이게 된 것인지는 기억나지 않는다. 정신을 차리고 보니 나는 여자애들에게 인기가 있는 여자애였고, 단지 그게 좋았다. 나를 좋아해주는 여자애들 중 몇몇과 특별한 관계가 되기도 했다. 그때 만난 여자애들 모두가 동성애자였다고 생각하지는 않는다. 당시 우리는 스스로의 성적 지향에 대해서 그다지 오랫동안 생각해본 적이 없었다. 그저 누군가를 좋아하는 게, 또는 누군가 나를 좋아해주는 게 좋았다.

이성애와 동성애 사이에 다른 점이 있을까. 누군가를 좋아한다는 마음은 재단하기도, 편 가르기도 어려운 거 아닐까. 처음에는 그저 학교가 끝나면 집이 아닌 다른 곳에 가고 싶었다. 집에 도착하는 순간부터 나와 동생이 먹을 밥을 손수 챙기고, 술에 취해 들어온 아버지의 옷가지를 정리하고, 집을 쓸고 닦고, 빨래를 해야 했으니까. 나를 좋아해주는 여자애들 옆에 있으면 '적어도 여기는 안전하다, 여기서는 아무 일도 하지 않아도 된다, 이 애는 그래도 나를 좋아해준다'는 생각을 했다.

너와 나는 이반 커뮤니티의 채팅을 통해 만났다. 너는 나보다 세 살이 더 많고, 학교는 다니지 않는다고 자신을 소개했다. 음악 만드는 일을 하고 싶어서 공교육이 아닌 과정으로 대학을 준비하고 있다고 했다. 신시사이저라는 악기로 음악을 만든다고 했다. 종종 네가 만든 음악 파일을 메신저를 통해 보내주었다.

처음 들어보는 음악. 신시사이저라는 악기의 이름도 처음 들어보았다. 나는 단박에 '신시사이저'라는 단어를 좋아하게 되었다. 너는 그 악기를 '신시'라고 줄여서 말했다. 신시라는 이름의 멋진 친구를 소개받은 것 같은 기분. 내가 너에 대해 기억하는 건 이런 것들.

너와 대화를 나눌 때면 나는 너를 따라 가보지 못했던 곳에 가는 기분이었다. 열여섯의 나는 절대 가볼 수 없는 곳. 작고, 어리고, 가난한 나는 절대 가볼 수 없는 곳들. 네가 보내주었던 사진 속의 너는 검고 긴 머리에 수줍은 듯한 미소를 띠고 있었다. 네 방에는 햇살이 많이 들어오는 커다란 창이 있었고.

하루에도 몇 시간씩 너와 대화를 나누었다. 어린 나이에 겪은 부모의 이혼과 소녀에게 주어진 가사의 고충, 학교는 답답하고 어른들은 무서우면서도 우습다는 것. 세상은 부조리투성이지만 궁금한 것 역시 넘친다는 것. 너는 내 이야기라면 그게 무엇이든 모두 들어주었다. 나의 가난과 욕망, 절망과 쾌락. 너에게라면 나는 무엇이든 고백할 수 있었다. 이것이 사랑이 아닐까, 생각했다.

실제로 만나고 싶다고 말한 것은 나였다. 너의 긴 머리카락을 만지고, 가늘고 긴 손가락을 마주 잡고 싶었다. 신시를 연주하는 너의 옆에 앉아 컴퓨터로 만들어지는 음악 속에서 긴 긴 춤을 추고 싶었다.

나의 절망과 쾌락을 직접 보게 된 너는 어떤 표정을 지을까. 전화로 듣던 네 목소리는 나와 달리 높고 청아했는데, 기계를 통하지 않은 네 목소리는 어떨까. 무수한 꿈을 그렸고, 약속 당일이 되었다. 당일이 되자 너무 떨려서 차라리 약속을 취소하자고 할까, 생각했다. 인터넷으로 알게 된 상대를 실제로 만나는 건 처음이었고, 그러나 그렇게 떨리는 와중에 꽃 한

송이를 사고, 무스 케이크를 사서 약속 장소로 나간 것이다.
그렇게 세 시간을 기다린 것이다.

어디가 아파서였다고 했던가. 하루가 지나고 너에게서 연
락이 왔다. 아프면 그럴 수도 있지. 다음에 다시 만나자, 다음
주쯤? 그 애도 좋다며 이런저런 약속을 주고받았던 것 같은
데, 우리는 아직도 만나지 못했다.

◯◯

영원이라고 썼다

우린 만난 적도 없는데
그해 여름은
우리가 가졌다

미라보 다리가 놓인
편지지는 늘 작고 아득해서
나는 밤새 서성였다

할 말을 다 하지 못하고

하지 말아야 할 말을 써서 보냈다

말괄량이 철부지

그런데도 여름의 시간은 또 무한히 남아돌았다

인간이 뭔가를 돌이킬 수 없이

망치고 있다는 생각

한낮에는 잠에 빠져 서 있고

한밤에는 잠이 오지 않아 누워 있었다

세상의 모든 책을 펼쳐놓고

꿈에서도

보고 싶었다

너는 내가 여자인 줄 알지만

너는 내 가슴

이 느낌

비를 뿌렸다

그 소리 때문에

나의 거짓됨 밖으로

초록이 드러나서

나는 적었다

분명해 우리는

너는 무서워했다

두 번 다시 오지 않았다

- 김현, 〈펜팔〉 전문, 《호시절》 창비, 2020

    내가 전철역에서 세 시간을 기다리다 돌아왔다는 것을 알
게 된 친구는 조심스럽게 말했다.

"그 애는 도용된 사진으로 너에게 접근했을 거야. 채팅하다 보면 그런 사람들이 더러 있다고 하더라고."

나는 이해가 되지 않았다.

"무얼 위해서?"

"너에게 보여준 사진 속 외모가 아니거나, 네게 말한 모든 것이 거짓이겠지."

"그러니까, 왜? 그렇게 해서 그 애가 얻을 수 있는 건 뭔데?"

"…… 그건 나도 모르지."

〈펜팔〉을 읽었을 때, 완전히 잊었다고 생각했던 그 애에 대한 기억이 제주의 바람처럼 불어닥쳤다. 정확히는 그 당시 그것이 사랑이라 믿었던 어린 나에 대한 기억이 불어온 것이다. 이 시의 화자는 한 번도 보지 못한 상대와 '펜팔'을 한다. 요즘이야 메신저 앱이나 데이팅 앱을 이용해 랜덤한 대상과 채팅을 하거나 연애 상대를 찾기도 한다지만, 20여 년 전에는 무려 편지로 설렘을 주고받던 때가 있었다. 화자의 성별은 여자가 아니지만, 어째서 펜팔 대상에게 자신을 여자애라 소개했을까. 편지를 통해 나눠 가진 마음이 "가슴"에 "비를 뿌"리는 듯한 감정이었을까. 간질간질, 새들새들. 그걸 사랑이 아니라 말할 수 있을까.

소녀는 언제 사랑을 느낄까. 소녀가 사랑하는 것은 무엇일까. 그 당시 나에겐 사랑하는 대상이 여자인지 남자인지는 중요치 않았다. 누군가 내 고통을, 나를 알아봐 주길 기다렸을 뿐. 내가 너를 사랑이라고 느꼈던 그 순간 나는 혼돈 속에서 잠시 건져진 기분이었다. 잠시 한숨을 쉬는 시간 속에 너와 내가 손을 잡고 있었다. 그건 사랑이었다. 그것이 사랑이 아니라면 도대체 무엇이 사랑일까.

만일 이 글을 네가 보고 있다면, 너와 내가 만난 적도 없이 나눠 가진 여름이 참 좋았노라고, 그 여름의 초록, 어린 풀이 뿜어내는 생명의 냄새, 그것이 그때의 나를 살게 했다고, 단지 그것뿐이라고 말하고 싶다.

우리는 영원히 서로를 모르고

◐

모서리에 피가 고인다. 침묵이 식탁을 타고 흐르는 동안 침방울이 주르르 식탁 아래로 떨어진다. 하루 종일 잠 들어 있던 그의 휴일에 나는 기계처럼 동작했다. 꿈꾸 듯 춤추는 나의 손과 발. 마침내 그가 저녁으로 튀김 요 리를 내왔다. 나의 몸은 취한 듯 강제로 섭식하고, 우리 는 씹기를 멈추지 않았다. 식탁 모서리에 부딪힌 아기의 눈에서 소리도 없이 피가 흘렀다. 식탁 아래에서 아기가 내 무릎에 침을 묻히며 다리에 매달렸다. 우리가 밥을 먹는 동안에도. 셔츠 밑을 파고든 그의 손은 내 가슴을 뒤적였고, 젖꼭지에는 그의 덜 자란 이가 아기의 것처럼 박혔다. 식탁 위에 오른 튀김은 뜨거웠고 그가 방금 잠

재운 아기의 발은 차가웠다.

나는 내가 고른 식탁을 깨끗이 닦았다. 그는 이 집을 채운 나의 노력 가운데 식탁을 제일 마음에 들어 했다. 식탁에서 내 것들을 치우라고 그가 명령했고 나는 소리가 나는 것들을 식탁 밑에 매달았다. 땡그랑땡그랑. 식탁 위에서 그와 밥을 먹고 밑에서 나의 작은 아기와 눈을 맞췄다.

하루는 아기의 젖은 이가 수술 자국 짙게 밴 나의 배를 깨물었다. 그날 이후 모든 어둠이 까맣게 멍들었다. 냉동실에는 내가 멈춰서 넣은 시간이 향기와 맛을 잃은 채 머물러 있었고 아기도 그도 냉장고를 좋아했다. *지긋지긋해.* 나는 이 온건한 행복이 소름 끼쳤다.

우리에게 아기가 있다면 어땠을까. 그가 물었고, 벌린 다리를 닮은 나의 몸 구석구석에서 무기력한 빛깔의 피가 흘렀다. 식탁 모서리에 부딪힌 아기의 눈에 흉터가 생겼다. 고통을 견디는 자그마한 몸이 무서웠다. 부르르 떨자 푸른 멍이 든 배에서 아기가 태어났다.

오늘도 밤이었다. 사람들은 식탁 앞에 모여 원인도 모른 채 내 입술에 아기의 입술을 가져다 댔고 우리를 축복했다. 나는 가끔 배를 가로지르는 11센티의 투박한 흉터를 만졌고, 나의 상처가 아물기도 전에 그는 내 허리를 누르고 나를 벌리고, 벌어진 나를 또 벌렸다. 그는 식탁에 앉아서 내 셔츠 안에 손을 넣고 내 가슴을 뜯었다. 늘어지고 물 빠진 옷들이 벗겨져 식탁 밑에 흩어지고. 식탁 밑에서 머리를 박는 아기.

아기와 눈을 맞췄다. 나는 식탁에 앉아 그와 밥을 먹다가 밑으로 내려가 아기의 입에 먹을 것을 부지런히 넣어주었다. 제발 정신 좀 차려! 그는 밥을 씹고 또 삼키며, 그는 나를 모독했다. 그와 아기는 나를 빨아 먹었다. 식탁 밑으로 침방울이 주르르 흘렀다. 침묵이 흐르는 시간. 지긋지긋해. 달아나려는 내 발목에 나의 아기가 매달려 입을 '아' 벌렸다. 왜 그래? 마침내 그가 내게 물었다. 식탁이 움직이는 것 같아. 나는 내가 가진 행복에 멀미가 났다. 가정이란 끔찍한 환영, 악몽 같은 거야.

- 조혜은, 〈식탁—침묵이 흐르는 시간〉 전문, 《신부 수첩》, 문예중앙, 2016

내가 가진 고통을 전시해서 얻은 것은 무엇일까. 다른 사람들은 좀처럼 말하지 않으려 하는 것을 말로, 또 글로 굳이 적어서 끝내 내가 성취하고자 하는 것은 무엇일까. 제 얼굴에 침을 뱉고, 제 발등을 무참히 찍어가며 마지막엔 진정 웃을 수 있나.

글을 쓴다는 것은, 결국 내 살점을 베어 사람들에게 잘 보이는 곳에 두고 이걸 좀 보라고 외치는 것과 다를 바 없다. 많은 예술가가 그러하듯 나는 내 살을 예리하게 도려내는 과정을 즐기는 사람인지도 모른다. 고통을 전시하려거든 최대한 아름답게, 그리고 생생하게. 그것이 예술가가 가지는 숙명이라는 건 시를 쓰기 시작한 때부터 이미 터득했다.

그러나 나를 구성하는 모든 것이 나로만 가득하지 않기에, 나를 포함한 모든 관계 역시 내가 건져 올려야 하는 고통의 주인공이기에 당황스러울 때가 적지 않다. 내가 전시해야 하는 고통이 오로지 나로만 끝난다면 얼마나 좋을까. 발가벗겨지는 것도, 전시되는 것도 나뿐이라면.

스물일곱 살에 한 남자와 결혼을 했다. 결혼 생활을 한 지 벌써 햇수로 10년이 되었다. 내 인생의 거의 3분의 1을 기혼 자로 보내고 있는 셈이다. 남편과 내가 결혼 생활을 무탈하게 유지해나간다면 내 인생의 대부분은 기혼자로서의 삶이 차지 하게 될 것이다. 이렇게 써놓고 보니 대단한 수치數値다.

운명 공동체라는 말이 있다지. 내가 예술가로 살기로 결심 한 것은 나의 운명이다. 나는 그것을 거스를 생각이 추호도 없 다. 그렇기에 나의 삶을, 고통을, 더 나아가서는 숨기고 싶었 던 비밀까지도 글로 써 내려갈 작정이다.

그러나 내 운명을, 내 공동체의 가장 핵심이 되는 구성원인 남편에게까지도 강요할 수 있을까? 애초에 부부에게 운명 공 동체라는 말을 덧입힐 수 있을까? 물론 이런 운명을 지닌 나 를 선택해 결혼을 결심한 것은 다른 누구도 아닌 바로 남편 자 신이다. 그러나 당시 그는 내 책에 자신의 이름이 오르내리고, 비밀로 부치고 싶었던 부분까지 까발려지는 것에 대해서는 짐작할 수 없었을 것이다.

결혼한 지 3년 정도 흘렀을 때 우리는 제주로 이주했다. 아무런 연고도 없는 지방에 삶을 통째로 옮긴 것이다. 새로운 곳에서 새로운 일을 시작하고 새로운 사람들을 만나는 과정 속에서 나와 남편은 많이 다쳤다. 함께 일을 하며 하루 스물네 시간을 붙어 있다 보니 자연스럽게 서로의 단점만 눈에 들어왔다. 처음엔 콩알만 하게 보이던 단점들이 삽시간에 거대한 나무로 자라났다. 바오바브나무에 잠식되어버린 어린왕자의 작은 별처럼, 금방이라도 부서질 것처럼 위태롭고 안타까운 상태였다. 그 와중에 나는 임신과 출산을 겪었다. 아이를 가지면 부부의 관계가 호전된다는 말도, 아이를 기르면서 부부가 완성된다는 말도 다 헛소리였다.

〈식탁―침묵이 흐르는 시간〉을 처음 읽었을 때, 차오르는 눈물을 멈출 수가 없었다. "배를 가로지르는 11센티의 투박한 흉터"를 만지는 화자의 모습이 나의 그것과 같고도 다르게 겹쳤다. 임신과 출산은 애초에 한 사람에게만 주어지는 불편함이다. 바꿔 말하면 그 어떤 시간보다도 한 인간이 타인의 배려와 관심을 받아야 하는 시기라는 뜻이기도 하다. 그러나 임신이라는 거대한 호르몬의 바다에서 나는 닻도 돛도 없이 홀로 파도와 맞서는 배였다.

출산 이후에도 마찬가지였다. 임신이 바다라면, 육아는 엄청난 중력을 가진 땅이었다. 나 혼자서는 내 몸 하나조차 일으켜 세우지 못하는 거칠고 척박한 땅이었다. 그 땅 어디에도 남편은 없었다. 제주는 아름다운 곳이다. 그렇게 눈부신 제주의 풍광 속에서 나는 매일 싸웠다. 내가 싸워야 할 대상은 남편이 아니었다. 내가 상대해야 할 것은 나의 외로움이었다. 갓 태어난 생명을 옆에 두고 매일 나의 무릎을 보며 울었다.

외로움과 우울감이 극에 달했을 때 나는 살기 위해 심리상담을 받았다. 상담을 기점으로 한 가닥 빛이 드는가 싶었다. 척박한 땅에 남편의 그림자가 설핏, 비춘 것도 같았다. 남편의 그림자가 보인 쪽으로 전력을 다해 뛰었다. 그러나 육아라는 땅의 중력은 인간이 쉽게 이길 수 있는 게 아니었다. 뛴다고 뛰었는데 걷는 것만 못했다.

나는 광야를 기었다. 기어서만 갈 수 있는 길도 있구나. 인생의 모든 길을 직립할 수 있는 게 아니라는 것을 그때 깨달았다. 내 배에는 인간이 나온 자국이 아직 아물지 않은 채 남았는데, 배로 바닥을 기고 있자니, 문득 불공평하다는 생각이 들었다. 왜 이 흉터는 나에게만 존재하는가. 왜 이 중력은 나만을 짓누르는가. 채 아물지 못한 상처에서 다시 피가 새고, 살갗이 벌어지고, 고름이 차고 새고를 반복하는 동안 나는 다시는 회복되지 못할 것을 많이 흘렸다.

신이 인간에게 준 선물이 망각이라던데, 왜 이 상처는 잊히지 않을까. 잊어야 앞으로 나아갈 수 있을 텐데. 조금씩 직립할 수 있을 텐데. 내 스스로를 탓하며 지냈다. 배고플 때, 졸릴 때, 심지어 똥오줌이 마려울 때도 나만 찾는 아이를 내려다보면 죄책감은 더욱 커졌다. 나는 어쩌자고 이 아이를 낳았을까. 나는 왜 이 아이보다 키가 큰 걸까. 나는 아직 많이 외로운데. 나조차도 내 고통을 어쩌지 못하겠는데.

어느 날 아이와 함께 있다가 교통사고를 당했다. 후진하던 소형 전기차가 나를 미처 보지 못하고 내 몸 위로 올라선 것이다. 자동차 바퀴에 배까지 깔렸는데, 큰 비명 한번 못 질렀다. 순식간에 일어난 일이었다. 고통은 고통대로 심했지만, 동시에 아이가 아니라 내가 깔린 것에 진심으로 안도했다. 바로 옆에서 아이는 내가 사고를 당하는 모든 과정을 지켜보았다. 아이는 엄청난 소리로 울며 소리쳤다.

"엄마! 엄마! 괜찮아? 많이 아프지? 엄마!"

다행히 뼈나 장기에는 이상이 없었지만 두 다리에 외상이 심해 흉터가 남았다. 특히 오른쪽 무릎 바깥쪽에 큰 흉터가 생겼다. 아마 그 일을 계기로 아이는 상처와 흉터에 대한 인지가 생긴 것 같다. 함께 목욕을 하던 중 아이가 내 다리의 흉터를 보며 물었다.

"엄마, 여기 많이 아팠어?"

"이제 많이 괜찮아졌어. 아주 나중엔 좀 더 괜찮아질 거야."

다리의 흉터를 조심스레 만지던 아이가 내 배를 가리키며 물었다.

"여기도 많이 아팠어?"

나는 선뜻 대답을 할 수 없었다.

그 흉터는 아직도 아파. 상처가 아물기 전에 엄마는 배로 땅을 기어다녔거든. 홀로 광야를 기어야만 했거든. 지금도 겨우 무릎으로 서 있는 중이거든. 아직도 흐르는 피를 막기 위해 손을 받치고 있거든. 시간은 분명히 앞으로 흐르고, 언젠가 이 고통도 사라지겠지만 나는 영원히 이 흉터를 잊을 수 없을 거야. 인간과 함께 살아가는 흉터라는 것도 있는 거거든. 아이의 몸에 거품을 묻히며 나는 그저 고개를 저었다. 동그란 아이의 배를, 배꼽을, 조심스레 닦아주었다.

좋은 아내와 좋은 엄마는 누구일까. 그 사람은 어디에 있나. 나는 아내와 엄마라는 두 가지 역할이 언제나, 부담스럽다. 맞지 않는 옷을 입고 있는 기분이다. 그렇다고 이 옷을 벗어 던질 수도 없다. 이 바람 찬 세상 속에 벌거벗고 있기란 어려우니까. 이 옷을 입고 있으면 마치 사회 안전망으로부터 비호를 받는 것처럼 나돌아다닐 수 있다. '유자녀 기혼 여성'이라는 프레임은 어떤 시선들로부터 나를 안전하게 보호해주는 것만 같다.

실제로 일정 부분 그러한 프레임 덕을 보는 것도 있다. 그러니 맞지 않으면 좀 어때. 옷이라는 게 외부로부터 인간을 보호하는 역할도 하는 거니까. 꽉 조이는 옷 때문에 종종 체하기도 하고, 흘러내리는 옷 때문에 매번 귀찮고 힘겹게 꽉 부여잡기도 하면서. 그렇다면 맞지 않는 옷을 입고 살아가는 나를 보는 내 남편과 아이는 어떤 기분일까.

　남편은 내가 쓴 글을 읽지 않는 사람이다. 사실 그는 내 글 뿐만 아니라 그 어떤 독서도 하지 않는 편이다. 연애를 할 때는 그의 그런 면이 좋았다. 내가 시인이라는 사실에 대해 아무런 편견도 없고 예술가에 대해 경외와 경의만을 가진 사람이 주는 안정감이 있었다. 그러나 누군가와 함께 오랜 시간 살아간다는 것은, 한 사람이 가진 장점을 결코 도려낼 수 없는 단점으로 바꾸는 이상한 마력을 가지고 있다.

　그가 나의 글, 내가 만드는 작품에 대해 아무런 관심이 없다는 것은 나를 자유롭게 하는 동시에 외롭게 만들었다. 작가는 작품을 통해 성장한다. 예술가로서, 한 인간으로서 성장하는 나의 서사에 대해 나와 함께 사는 사람은 별 관심이 없다. 나는 상처받은 내 영혼을 기록하고자 글을 남기고, 이를 통해 피를 흘리며 앞으로 나아가는데, 내 반려자는 내 고통과 변화에 대해 전혀 알지 못한다. 내 글을 읽지 않으니까. 이건 내가 선택한 형벌인가, 축복인가.

　두 번째 에세이집 원고를 교정하다가, 이번 에세이에 네 이야기가 많이 들어갈 거라고 남편에게 말했다. 네가 나에게 상처를 준 말, 행동들에 대한 내용이 있을 거라고 말이다. 오로지 내 관점에서만 쓰인 이야기들을 감당할 수 있겠냐고 물었다. 네가 원하지 않는다면 너의 발언은 삭제하겠다고 말했다.

남편은 잠시 말을 고르는 듯 조용했다. 그가 내게 "왜 그런 이야기를 쓰느냐"고 물었다. 나는 글이란 그런 것이라고 말했다. 직접 겪은 내용과 함께 내가 느낀 감정들에 대해 써야 하니까, 당연히 너와 함께했던 시간을 쓰게 되고 그 속에서 우리가 겪었던 갈등에 대해 쓸 수밖에 없다고. 나는 거짓말로 내 삶을 꾸미는 것은 하지 못하는 작가이고, 독자들 역시 그런 글을 원하지 않는다고.

그는 자신의 상처를 남들 앞에 전시하며 살아가는 나를 이해하지 못한다. 생활에서도 마찬가지다. 부부간의 일은 남들에게 말하지 않는 편이 좋다고 생각하며 살아온 사람이다. 내가 내 주위 사람들에게 남편에 대해 시시콜콜한 불만을 토로할 때도 그는 그런 행위는 제 얼굴에 침 뱉는 거라며 입을 닫는다.

그를 구원하는 것은 무엇일까. 그 역시 나라는 사람을 견딜 수 없는 순간이 목구멍까지 차오르는 날이 있을 텐데. 그는 에 세이에 자신의 말과 행동을 쓰는 것에 대해 알겠노라 말했다. 그는 대인배인 걸까. 아니면 내 글을 억압하는 그 순간부터 나와의 관계가 돌이킬 수 없다는 걸 아는 걸까. 그도 아니면 단지 이런저런 복잡한 문제들로부터 도망치는 걸까. 상처받기 싫어서. 실은 그도 나약한 인간이니까. 나는 그가 아니니 그의 마음을 알 길이 없다.

그는 언젠가는 꼭 내가 쓴 책을 읽어보겠다고 약속했다. 실제로 두 번째 에세이집이 나온 후 얼마간의 시간이 지나고 그는 내 첫 번째 에세이집부터 읽기 시작했다. 두 권의 시집과 세 번째 에세이집이 나온 지금, 나는 언제까지 그를 기다릴 수 있을까. 나는 점점 더 멀리 가는데. 나를 찾아줘, 나에게 달려와 줘. 가만히 서서 기다리지 않는 사람이야, 나는. 그건 네가 더 잘 알잖아. 아닌가? 너는 나를 알고 있나? 나는 너를 아는가? 영원히 우리는 서로를 모를 것이다.

글을 쓰는 여자로 산다는 것

◎◎

스스로의 존재에 대해 글을 쓰는 우리들은 의외로 불안
과 자기 의심에 휩싸여 산다. 사람들은 글을 써서 세상
에 내놓는 행위 자체가 자기 자신에 대한 확신에서 비롯
되었다고 생각하지만, 사실은 외롭기 때문에 허공에 대
고 외치는 행위이기도 하다. '저요, 제가 이런 사람인데
요. 정말 저 같은 사람이 세상에 한 명도 없나요?' 내가
먼저 외치면, 한 명의 메아리 정도는 돌아오지 않을까
하면서. 망망대해에 좌초된 배 한 척이 수신자가 있든
없든 계속해서 구조 요청을 보내는 것처럼 우리의 글은
그렇게 간절한 것이기도 하다.

결혼할 생각이 없고요, 페미니스트고요, 사회가 정상 연

애라고 용인한 것 바깥의 이야기를 하고 싶고요, 신 내림을 받은 무당이고요, 두 명의 애인과 살고 있는 폴리아모리스트이고요……. 사람들이 멋지다고 말하는 수많은 작가들은 사실 전혀 멋지지 않기에 타인의 손을 잡고 싶어서 쓴다. 세상이 보통이라고 믿어온 방식과 다르게 사는 우리가 계속해서 이야기를 하는 이유는, 그렇게 사는 것에 강철 같은 안정감을 가져서가 아니라 그렇게 친구들을 불러 모아 덜 불안해지고 싶어서이기도 하다. 그 과정에서 평가도 받고, 실수도 하고, 타인의 평가에 움츠러드는 스스로를 한심해하기도 하면서도, 그래도 계속해서 써 내려가는 이유는 우리가 나란히 함께 앉은 이 테이블이 주는 달콤함을 놓을 수 없기 때문이다. 어쩌다 돌아오는 하나의 메아리가 주는 기쁨이 지극히 충만하기 때문이다.

- 곽민지, 《아니 요즘 세상에 누가》, pp. 212~213, 위즈덤하우스, 2021

어릴 때부터 글을 썼다. 초등학생 때는 일기를 잘 쓰는 아이였고, 매력적인 스릴러 영화를 보면 그 비슷한 내용의 추리 소설을 썼다. 중학생 때는 연극 대본과 팬픽을 썼고, 고등학생 때는 수필을 썼다. 감상문이 숙제로 나오면 속으로 쾌재를 불렀고 국어 시험 문제는 하나도 어렵지 않았다. 더 어릴 때는 말이 많고 빨라서 어머니에게 늘 "천천히 좀 말해"라는 주의를 들었다.

하고 싶은 말이 많았다. 세상에 대해 알게 될수록 그것을 발음하고, 손으로 쓰고, 그걸 이어서 뭔가를 만드는 것이 재밌었다. 전문적으로 배워본 적도 없고, 글을 쓴다는 게 무엇인지도 모르면서 장르를 가리지 않고 계속해서 글을 썼다. 고등학교 재학 내내 디자인(미술)을 공부했지만 재능이 없다는 걸 깨닫고 입시 준비 중에 미술을 포기했다. 미술을 그만두자 자연스럽게 '문학을 해야겠다'는 생각이 들었다. 말과 글은 내게 친숙한 것이었으니까. 그런데 어째서 어릴 적부터 글을 쓰는 게 즐겁다고 느꼈을까.

그야……, 칭찬을 받았으니까? 글을 쓰면 여러 사람에게 칭찬을 들었다. 어머니가, 선생님이, 친구들이. 사람들이 내 글을 흥미롭게 봐 주면 그게 무엇보다 뿌듯했고, 내 창작물에 대한 긍정적인 평가는 나라는 사람의 긍정적 평가처럼 느껴졌다. 요즘 육아에 대한 서적이나 영상에서 가장 많이 등장하는 '자존감'. 글을 쓸 때 어린 나의 자존감이 만들어졌고 충족되었던 것이다.

본격적으로 문학을 공부하게 된 것은 대학에 진학하면서부터다. 문예창작학과에 진학하게 되었는데, 나는 '문예창작'이라는 단어도 좋았다. 문학작품을 만드는 걸 배운다고? 이보다 더 재미있는 게 있을까? 하는 마음이 수업에 대한 열의로 전환되었다. 여기에 어려운 집안 형편이 더해져, '오히려 좋다'는 심정으로 장학금을 받기 위해 열심히 공부했던 것 같다.

문창과 친구들 중에는 고등학교 때 공모전에서 입상한 경력이 있는 친구들도 있었다. 나는 대학에 입학하기 전까지는 한 번도 글을 배워본 적이 없었기 때문에 고등학교 때부터 문학 수업을 받았다는 친구들이 신기하고 부러웠다. 하지만 이해가 되지 않는 것도 있었다. 글은 그냥 자기 이야기를 쓰는 건데, 이걸 어떻게 기술적으로 배울 수 있을까? 글이라는 게 배운다고 늘 수 있는 것인가?

당시에는 그런 생각을 오래 하기보다는 매일매일 제출해야 하는 과제를 열심히 해나가기 바빴다. 지금 생각해보면 나는 글을 쓰는 것을 일종의 기술이라 느낀 게 아니라 내 이야기를 쏟아내는 도구로 느끼고 있었기 때문에 그랬던 것이다.

쏟아낼 이야기는 너무 많았다. 불화했던 부모와 그걸 지켜보며 자란 어린 시절, 가난한 동네에서 심심치 않게 경험했던 위험한 상황, 가장 가까운 인간관계 속에서 느끼는 이질감, 어떻게 해도 떨칠 길이 없는 외로움. 이 모든 이야기를 받아 적기만 하면 됐다. 그러면 칭찬도 듣고, 성적도 좋을 수 있다니. 문예창작학과를 선택한 나 자신이 가장 칭찬받아야 하는 거 아니냐며.

문학이라면 다 좋았지만 그중에서도 시를 가장 사랑했다. 시는 함축적이면서도 깊이가 있어서 한 편의 작품 안에 온갖 것을 다 담을 수 있었다. 하루는 과제로 시를 제출해야 하는데, 무엇을 쓸까 고민하다가 매일 보는 풍경에 대한 내용을 써냈다. 아침까지 술을 마시고 들어가는 길에 본 가난한 동네의 풍경과 그 똑같은 길에서 술에 취한 아버지를 부축하며 걸었던 어린 시절의 나. 수만 번도 더 본 그 길의 모습, 그리고 수십 번 부축했던 취한 나의 아버지.

내가 가진 그 수없이 많은 장면을 단 한 편의 글로 적어낼 수 있다니. 시는 영리한 장르구나. 그 수없이 펼쳐진 장면들 속에서 오로지 내가 선택한 몇 가지의 장면만을 (독자들에게) 보여주는 것이다. 내가 선택한 그날의 지하차도, 그때의 담배꽁초들, 그날의 기온, 그날의 소란함, 그날 아버지가 했던 알아들을 수 없던 말. 내가 쓰기로 결정한 그 풍경만이 나의 흰 종이에 남을 수 있다는 것. 내 선택에 모든 것이 달렸다는 것. 고독하고도 멋진 행위다. 그 행위 자체를 나는 사랑했다. 지금도 그 사랑으로 모든 시를 쓰고 있다.

그런데 이 사랑이 어느 순간부터 하나의 목소리를 만나게 되었다. 처음에는 매우 작은 소리였지만 그 안에 빙산처럼 거대한 절망을 숨기고 있던 그 소리.

"쟤는 저런 것까지 다 써? 부끄럽지도 않나 봐."

20대 때 내가 쓴 모든 시와 수필과 소설과 시나리오는 모두 나의 이야기를 조금씩 다르게 각색한 것들이었다. 나의 이야기가 아닌 것을 쓰려고 시도해본 적이 있으나 처참하게 실패했기 때문에 결국 '제일 잘하는 걸 하자'는 심정이 되어 나의 이야기를 쓰는 일로 되돌아갔다. 그렇게 학부 내내 써대다 보니 어느 순간 문창과의 에이스(자화자찬인 것 같지만 실제로 좋은 성적으로 졸업했으니까!)가 되어 있었으나 나 자신을 둘러싼 모든 것이 너무 많이 드러났다. 부모의 이혼, 가난한 집안 형편, 실패한 연애, 나의 치기와 욕망.

그 당시 문창과 학생들 작품은 거의 자신이 가진 상처의 전시장이나 다름없었고, 나 역시 내 상처를 보란 듯이 전시했다. 전시를 위해서는 내가 가진 상처를 오랜 시간을 들여 낱낱이 살펴볼 수밖에 없었다. 처음에는 내 작품을 칭찬하는 소리에 가려져 잘 들리지 않던 소리들이 시간이 지날수록 잘 들리기 시작했다.

물론 나도 쓰면서 망설여진 것들이 있었다. 술 취한 아버지가 나에게 했던 말, 지난 연애에서 경험했던 수치스러웠던 순간, 가난한 삶의 자취와 어린 여자이기에 노출되었던 폭력적 상황. 하지만 그 일들이 '내'가 부끄러워할 일은 아니지 않나?

오히려 그때는 젊은 시절의 패기로 더 적나라하게 쓰기도 했다. "뭐 그런 것까지 글로 다 쓰냐"는 말은 "그런 건 쓰지 마"라는 말로 들렸다. 하지만 쓸 게 이렇게 많은데? 이걸 다 쏟아내지 않으면 난 터져버릴 거 같은데?

남들이 하는 말에 신경을 쓸 겨를이 없었다. 안에서 흐르는 것이 너무 많았으니까. 그런데 시간이 흐르면서, 젊은 날의 패기가 시간 속에 흩어지면서, 그리고 결혼을 하면서 또 한 번 많은 것이 변했다.

한국 사회에서 결혼이라는 제도는 긍정적인 측면이 꽤 많은 일임은 분명하다. 그랬기에 나 역시 결혼을 선택했다. 하지만 모든 일에는 양면이 있고, 결혼 역시 부정적인 면도 있는 게 사실이다. 사랑하는 사람과 함께 살고 있지만 연애와 달리 결혼은 생활 속으로 많은 것이 빨려 들어갔다. 열정적이었던 사랑, 아무런 걱정 없이 웃고 떠들었던 연애 시절. 찰나와 같던 시기가 빨려 들어가 버리고 그 아래 남은 것들은 초라하기 그지없었다.

그럼에도 일상은 흘러갔다. 행복과 안정감만큼이나 다툼

과 충돌이 반복되었다. 임신과 출산, 육아 역시 그랬다. 모두가 입을 모아 임신과 출산은 여자가 할 수 있는 가장 아름다운 일이라고 했다. 어느 정도 맞는 말이기도 하다. 그러나 그 안에는 분명 거대한 고통이 있었다. 나는 글을 쓰는 사람 중에서도 글을 쓰는 여자로 자랐고, 여자이기 때문에 겪을 수 있는, 겪을 수밖에 없었던 고통이 있었다. 그 모든 걸 써야만 했다. 그러지 않고서는 도저히 견딜 수가 없으니까.

2017년 첫 번째 시집이 세상에 나왔다. 20대 후반에 데뷔한 후 쓴 시를 모아 낸 시집이었기에 원가족에 대한 이야기, 가난한 서울 변두리에서 자라면서 보고 느꼈던 이야기, 문학에 대한 사랑과 애착이 담겨 있었다. 그러나 내 첫 번째 시집은 잘 안 됐다. '어쩔 수 없다'고 생각하면서도 씁쓸하고 외로운 마음이 들었다. 그런데 제주에서 글을 쓰는 사람으로 살고있다는 게 어떤 작용을 했다. 제주 이주에 대한 이야기를 담은 에세이를 써달라는 제안을 받은 거다. 그렇게 《오늘의 섬을 시작합니다(이하 오섬시)》를 쓰기 시작했다.

'오섬시'에는 제주 이주에 대한 이야기를 중심으로 제주에서 함께 생활하는 가족들, 남편, 동생에 대한 이야기가 실려 있다. 자연스럽게 결혼과 기혼자 가정이 갖는 갈등이 드러날 수밖에 없었다. 또 개를 입양한 것, 그를 통해 깨닫게 된 것에 대한 이야기, 임신, 출산, 육아에 대한 내 생각, 경험을 쓰게 되었다. 에세이를 쓴다는 건 시를 쓰는 것과는 또 다른 느낌이었다. 시를 쓸 때든 에세이를 쓸 때든 언제나 솔직하려고 하지만 에세이는 독자들에게 훨씬 더 가까이 다가가야 하는 장르다. 더 쉬운 말로 더 잘 알아들을 수 있게 내가 겪은 것을 전달해야 한다. 그러다 보니 나의 가족과 내가 경험한 상황이 여실히 드러날 수밖에 없었다. 그랬더니 예전에 들었던 그 목소리가 이번엔 더 크게 들려왔다. "꼭 이런 것까지 다 써야 해?"

망설여졌다. 그럼에도 멈출 수가 없었다. 제주로 이주 후 남편과의 관계가 어려워졌고, 그때 관계 회복과 스스로의 치유를 위해 노력했던 일들을 엮어《우리는 서로에게 아름답고 잔인하지》라는 책을 펴냈다. 이 책을 내고 나선 그 소리가 더 크게 들렸다. "진짜 이런 것까지 꼭, 다, 써야만 하냐고!"

나도 안다. 나의 내밀한 이야기가 이렇듯 세상에 까발려지는 것은 언젠가 나를 괴롭게 할 거라는 걸. 특히 가족들에 대한 이야기를 쓸 때마다 늘 공포에 가까운 두려움이 밀려든다. '이 이야기를 써서 이 사람을 괴롭게 하면 어쩌지?' 내가 쓴 이야기가 누군가에게 상처를 줄까 봐. 이 세상에서 그게 가장 두려운 사람은 다른 누구도 아닌 바로 나다.

에세이는 화자와 작가가 분리되기 어려운 장르이고 그 점은 매번 나 스스로를 억압하고 검열하게 한다. "이런 것까지 써야만 하냐"는 목소리는 너무 크고, 나는 그저 한 명의 글 쓰는 여자일 뿐이다. 처음 글을 쓰기 시작했을 때는 미처 알지 못했던 것. 글쟁이의 운명이란 이렇게나 무겁다는 것. 그래서 글을 쓰면 쓸수록 외로웠다.

그러던 어느 날 지인의 추천으로 팟캐스트 〈비혼세〉를 듣게 되었다. 〈비혼세〉의 진행자 곽민지 님은 작가이면서 나와 동시대를 살아가고 있는 여자다. 방송 제목에서 유추할 수 있듯이 비혼인의 라이프를 가시화하겠다는 목표를 가지고 시작한 팟캐스트다.

처음에는 나는 비혼도 아닌데 공감할 이야기가 있을까 하며 1화를 들었다. 그런데 1화를 채 다 듣기도 전에 알았다. 나는 이 팟캐스트를 사랑하게 되겠구나. 단숨에 빠져들어 버렸다. 특히 글을 쓰는 사람으로 산다는 것, 자신의 이야기를 쓰는 여자로 산다는 것에 대한 내용을 말하는 회차는 내 마음을 모두 들킨 것 같았다. 나만 그런 게 아니었구나. 나만 내가 쓴 글이 쓰레기라고 생각하는 게 아니구나. 나만 외로운 게 아니었구나. 곽민지 작가와 나는 개인적으로 친분이 없음에도 불구하고 그 방송을 듣는 순간만큼은 나와 그녀가 손을 잡고 있는 것 같았다. 내 귀에 들리는 그 소리, "꼭 이런 것까지 글로 써야 하나?"를 나 혼자 들었던 게 아니구나. 누군가 함께 듣고 있었구나. 그 사람도 나만큼 힘들었구나. 우리의 이 공포를, 두려움을 어떻게 하면 좋을까.

앞서 말했듯이 그 목소리는 너무 크다. 그렇기에 그 말이 아예 들리지 않게 하는 건 아마 영원히 요원하리라. 하지만 누군가 그 소리에 짓눌리고 있을 때, 응원할 수 있다는 걸 이제는 안다. 나는 〈비혼세〉를 들으며 거기까지 나아갈 수 있었다. 그리고 곽민지 님의 에세이집 《아니 요즘 세상에 누가》를 읽으며 생각했다. 내가 쓰는 글로 인해 집어 삼켜질 것 같은 불안이 밀려올 때, 누군가 함께 있다고 생각하자. 자기 이야기를 쓰는 여자들이 저기에 있다. 거대한 소리가 우리를 짓누를 때, "나만 이런 거 아니죠? 우리 다 어려운 거죠?"라고 말해주는 따뜻한 목소리가 있다.

내 이야기를 쓰는 건 여전히 어려운 일이다. 장담컨대 앞으로도 쉽게 쓰이는 글은 단 하나도 없을 것이다. 그래도 난 글이 좋다. 내가 글 쓰는 여자라는 게 좋다. 내가 글을 쓰는 여자이기 때문에 나만이 할 수 있는 이야기가 있다. 완벽하게 나의 이야기라고 생각했던 것이 '당신'의 가슴에까지 가닿을 때, 나는 그 순간이 너무 좋다. 우리가 연결되었다고 느껴지는 그 순간. 그 순간의 벅참 때문에 나는 여전히 글쓰기를 포기하지 못하겠다.

도대체 내 시는 왜 그러냐고?

제주도로 이주해 식당을 운영하면서 알게 된 것이 있다. 나는 서비스직에 어울리는 사람이 아니라는 것이다. 20대 때 숱한 아르바이트를 경험했으니 서비스 마인드 하나만큼은 다져져 있다 생각했는데, 정작 내가 운영하는 영업장에서의 나는 불특정 다수에게 친절함을 나누는 일을 어려워했다. 식당에 손님으로 오던 사람들과 나중에 친구가 되어 듣게 된 말인데, 손님들 역시 내 마음을 눈치채고 있었다고. "그 식당, 맛은 있는데 서빙하시는 분이 참……, 무표정하지?"

그래. 내가 첫인상이 편안한 사람은 아니지. 나는 누군가와 친해지는 데 시간이 걸린다. 스몰토크 나누는 걸 어려워하진 않지만 스몰토크를 시작하기까지가 오래 걸린다. 더불어 나는 누군가의 과도한 친절을 부담스러워하기 때문에 다른 사람들에게도 그렇게 행동하게 된다. 이제 와 생각해보면 내 영업장을 찾은 손님에게만은 과도하게 친절했어야 했나, 싶지만. 하지만 아무리 노력해도 나라는 사람은 만연에 미소를 띤 채 "어서 오세요!"를 외칠 수 있는 성격이 못 된다.

이런 나와는 달리 남편은 첫인상부터 서글서글한, 편안한 느낌을 주는 부류의 사람이다. 당연히 식당에는 나보다 남편을 찾아오는 손님이 많았다. 남편은 남성들, 특히 남편이 '형님'이라고 부르는 사람들에게 인기가 많다. 나는 이 현상을 '마성의 남상 신드롬'이라고 부른다(남편의 이름은 '남상현'이고 그는 거의 모든 이에게 이름보다는 '남상'이라는 별칭으로 불린다). 남편이 "형님!"이라고 부르며 어떤 사람을 따르기 시작하면 그 사람은 반드시 남상을 추종하게 된다고 해도 과언이 아니다.

그날은 '마성의 남상'을 추종하는 A 형님이 친구를 데리고 식당에 온 날이었다. 마감 시간이 다 되어 온 손님이라 나는 '아, 가게를 정리하고 남상과 한잔 더 하고 싶어서 왔구나' 하고 생각했고, 그대로 되었다. A 형님이 데려온 손님은 B 씨. 그는 책에 관심이 많은 사람이었고 그러다 보니 나까지 함께 자리를 하게 되었다. 당시에 내 첫 번째 시집《내가 훔친 기적》이 나온 지 얼마 되지 않았고, 자연스럽게 시집에 대해 소개하게 되었다. 독서광이라는 B 씨는 앉은 자리에서 내 시집을 읽어 내려갔다. 그는 꽤 시간을 들여 시집을 읽었다.

누군가 B 씨에게 시집이 어떠냐고 물었다. 누가 물어보았지? A 형님이었나? 남편이었나? 잘 기억나지 않지만 분명한 건 나는 아니었다. 그 물음에 B 씨는 잠시 숨을 고르고는 살짝 격양된 상태로 말을 시작했다. "무슨 말인지 알 수도 없게 써 놓았네요. 이건 자신의 인텔리함을 과시하고 싶어 한다고밖에는 이해할 수 없어요. 소위 '먹물'들의 마스터베이션 수준인데, 뭘 어떻게 읽으라는 건지……."

잠시 내 눈앞의 이 사람이 무슨 말을 하고 있는 건지 잘 이해되지 않았다. 정말로 내 면전에 대고 저런 표현을 한 게 맞단 말인가? 이 시를 쓴 사람이 앞에 있는데 "먹물들의 마스터베이션"이라는 말을 한 게, 실제로 일어난 일이란 말인가? 순간 당황해서 화도 나지 않았고 말문이 턱 막혔다.

내가 벙쪄서 아무 말도 못 하고 있자 분위기는 순식간에 어색해졌다. 나는 이게 정말 현실에서 일어난 일인지 계속 아득해져서 겨우 "시집을 다 읽지도 않으셨는데, 말씀이 좀 지나치시네요"라는 뜻의 말을 했다(너무 당황해서 워딩이 정확히 기억나지 않는다). 그걸 들은 B 씨는 "다 읽지 않아도 알 수 있다. 이건 좀 더 배웠다고 착각하는 자의 오만일 뿐이다"라는 의미의 말들을 이어갔다.

이쯤 되자 나는 좀 억울해졌다. 나는 남들보다 많이 배우지도 않았고, 그걸 과시하고 싶은 생각은 더더욱 없는데. 이 사람은 내가 뭘 그렇게 과시하고 싶어 한단 걸까. 나는 그 사람이 말한 '먹물'이 뭔지도 모르겠고, 시를 가지고 '마스터베이션'할 생각은 꿈에도, 아니 그 단어가 내 시를 논하는 장소에서 등장하리라고는 꿈에서조차 생각해본 적이 없었다.

《내가 훔친 기적》에 실린 많은 시는 내 유년 시절을 담고 있다. 거기에는 어린 시절 부모의 이혼으로 경험했던 외로움과 슬픔, 서울 변두리 동네에서 살며 겪었던 가난, 실패한 몇 개의 관계, 가족이라는 아픈 관계, 그 속에서 발견한 '나'라는 존재에 대해 쓴 시들이 있다. 물론《내가 훔친 기적》은 읽기 쉬운, 소위 말해 '친절한' 시집은 아니다. 무슨 말을 하는지 모르겠는 것도 어쩌면 당연하다. 단번에 알아볼 수 있도록 쓴 시가 아니니까. 여러 가지 층위의 이미지를 섞어서 배치했다. 마치 초현실적인 그림을 보는 것처럼 만들고 싶었다. 내가 경험한 가난과 폭력과 아픔은 쉽게 이해되는 것이 아니니까. 그건 정말, 단순하지 않다.

나는 실제로 복잡하고, 도대체 이해할 수 없는 시간들을 경험했다. 그걸 어떻게 쉽게, 한 번에 읽히게 쓸 수 있는가. 나조차도 그 아픔을 이해할 수 없는데. 나 스스로도 내가 겪은 폭력에 대해 한 번에 말할 수 없는데. 그렇게 쓴 시를 가지고 내 눈앞에 있는 이 사람은 어떻게 이렇게 확신에 찰 수 있는가? 어떤 근거로 이 시가 '인텔리함'을 뽐내고자 하는 '먹물'의 '마스터베이션'이라고 폭력에 가까운 언사를 할 수 있는가?

보다 못한 남편이 옆에서 말했다. "저는 시는 잘 모르지만, 지혜가 시 한 편 한 편을 얼마나 힘들게 쓰는지는 알아요. 단 한 편도 정말 쉽게 쓰는 것 같지 않더라고요." 아마도 남편이 할 수 있는 최선의 옹호였으리라. 내가 B 씨의 말을 듣고 손까지 덜덜 떨고 있다는 걸 눈치챘던 것 같다.

당황으로 시작해 분노까지 감정이 수직 상승하면서 머리가 아프고 손이 떨렸다. 맘 같아선 당신이 뭘 안다고 그렇게 지껄이는 거냐고 소리를 지르고 술상을 엎어버리고 싶었는데, 그렇게 못 했다. 벌벌 떨리는 손을 겨우 진정시키고 짐짓 쿨한 척, "시를 많이 읽어보지 않으셨으니 그렇게 느끼실 수 있지만 그런 의도로 쓴 건 절대 아니다"라고 말했을 뿐.

그 후엔 어땠던가. "좀 더 제대로 읽어보셔야 내 시에 대해서 논할 수 있을 거다"라며 시집에 사인을 해서 건넸던 걸로 기억한다. 사인본이라니. 그때의 나는 무례하게 구는 사람에게 어떻게 대처해야 하는지 몰랐다. 그것이 내가 할 수 있는 최선의 우아한 대처라고 생각했다. 지금 생각하니 우아고 나발이고 절대 주지 말았어야 했는데. 너무 아깝다. 내 첫 시집.

∞

징후, 환상, 유령, 극장, 히스테리 그런 섬뜩하고, 패배적이고, 악마적인 거 이제 그만 좀 하라고 한다. 밝은 곳으로 나오라 한다. 다락방의 미친 여자는 그만하라고 한다. 그러나 다락방의 미친 여자가 그만하란다고 그만할

144

수 있겠는가. 불이나 지르고, 악이나 쓰고, 뛰어내리기나 하는 수밖에 없지 않겠는가. 그 정처 없는 비명의 배후를 들어줄 필요가 있지 않겠는가. 사실 여성시에게서이 유령들을 제거하고 나면 시에 현실이 남아 있기라도하겠는가. 끝없이 회귀하는 유령의 말을 들어주고, 유령의 장소를 재위치시켜 주어야 하지 않겠는가. 여성 시인더러 유령 그만하라는, 시 밖에서 들려오는 충고는 이제애도를 그치라는 말로도 들린다. 애도의 불가능성과 지속마저 뭉개는 말로도 들린다. 시인의 숙명인 잔상을 끌어안고 되새김질하는 일을 그치라는 말로도 들린다. 유령의 숙명은 끝없는 회귀가 아닌가. 우리는 지난 세기로부터 한 발자국도 내디디지 못했다.

고백하라고 한다. 고백이 치료라고 한다. '고백하기까지'를 기다려주지 않는다. 그날 그 시간 그 장면들을 얼른고백하고 훌훌 털고 살아가라 한다. (중략) 그러나 여타의 재난의 글쓰기처럼 여성시는 우회이며, 에두름이다.끊임없는 차이의 반복이다. 여성시를 읽던 사람이 더러운 것을 보듯 시집을 탁 덮는다. 이제 이런 귀신 씨나락 까먹는 얘기만 들어도 넌더리가 난다. 이제 그만하자. 그러나 여성시는 여기에서 시작한다. 내가 더럽지 않고 그 시선이, 그 수치에의 강요가 더럽다고 생각하는 순간 여성시가 시작된다. 시체의 도저한 일어섬으로 여성시는 시작한다.

- 김혜순, 《여성, 시하다》, pp. 232~234, 문학과지성사, 2017

김혜순 시인의 《여성, 시하다》를 읽으니 그날의 내가 떠올랐다. 내 시에 대해 "알아듣지도 못할 말을 써놨다"고 말하는 B 씨에게 던져줘야 했던 말이 이것이었구나. 내 시에 대고 "다락방의 미친 여자" 같다고, 이걸 어떻게 읽으라는 거냐고 말하는 사람에게 '미친 여자'가 미친 짓을 하는 건 당연한 거 아니냐고, 그럼 도대체 왜 이 미친 짓을 하는 건지, 어쩌다 미치게 되었는지, 그 미친 짓의 이유를 알아볼 필요가 있지 않느냐고 말했어야 했다. 도대체 왜, 어째서 이런 말을 하는 건지 들어볼 준비가 안 되었다면 시집 덮고 갈 길 가시라고. 한 편한 편 피고름으로 쓰고 있고 그것만으로도 너무 힘들고 괴롭다고. 그럼에도 불구하고 계속해서 시를 쓰는 이유는 고통 속에서도 반드시 말해야 할 것들이 있기 때문이라고. 그러니 고통으로 써 내려간 이 작품에 대해 예의를 갖추지 않을 거면 나 역시 굳이 예의를 갖춰서 말하지 않겠다고 말했어야 했다.

그러나 아무 말도 하지 못했던 그날의 나를 꾸짖고 싶은 생각은 없다. 그날의 나는 위로받아야 한다. 어렵게 써낸 시에 대해 혹평이랄 것도 없을 정도의 폭언을 듣고 어떻게 대처해야 할지 몰라 웃지도 울지도 못했던 그날의 나. 나는 잘못한 게 없다. 내 안에서 터져 나오는 언어를 엮어 시를 만들었을 뿐. 물론 내 작품에 대해 무조건적인 옹호를 바라지 않는다. 문학은 읽는 사람에 따라 다양한 해석이 가능하고, 그것이 독자의 권리이기도 하다. 다만 B 씨가 한 행동은 자유로운 비평이 아니라 폭언이었다. 작품의 내용이나 시집에 대한 감상이 아닌, 앞에 앉은 작가인 나를 향해 내뱉은 모욕적 언사였다. 그날의 상처는 사라지지 않고 내 안에 자리 잡았다.

그날 이후에도 "좀 더 쉽게 쓸 수는 없어?" "맨날 이런 거

쓰지 말고, 좀 쉽고 많이 읽히는 걸 쓸 수는 없어?"라는 말을 종종 듣는다. 이제 나는 말한다. 어, 못 해. 나는 그런 거 못 써. 내가 겪은 고통은 단 하나도 쉽지가 않아. 나는 내가 매일, 매 순간 겪는 이 고통이 어째서 나에게만 찾아오는 것인지, 이해가 잘 안 돼. 나는 이 고통뿐만 아니라 나 자신에 대해서도 확신이 없어. 나는 나를 잘 모르겠어. 그래서 나는 그걸 써. 나는 나 자신을, 내가 겪는 고통을 기록함으로써 나를 찾아가고 있어. 내가 무엇을 좋아하고, 무엇을 싫어하고, 무엇에 반응하는지. 나는 왜 매일 아프고 매일 슬픈지, 내가 겪는 우울과 불안은 언제까지 나를 찾아올지. 이것과 함께 내 인생을 살아가는 게 과연 가능할지. 나는 여전히 불가해한 나를 알고 싶고, 내 고통을 정확히 직시하고 싶어. 나는 단지 그걸 기록하고 있어. 나는 그걸, 쓰는 사람으로 지금 여기에, 살아 있어.

내 이야기를 누가 궁금해할까

◎◎

늘 사람으로 가득 차 있던 옆자리에 다른 것이 존재하기 시작했다. 바로 시간이다. 나는 제주에 와서 비로소 온전히 나를 생각하는 시간을 가질 수 있었다.

제주에 와서 처음으로 혼자 산책을 해보았다. 그 시간을 통해 나는 내 감정과 상태에 대해 처음으로 깊이 생각할 수 있었다. 나라는 존재의 맨얼굴을 서른 살이 되어서야, 비로소 마주하게 된 것이다. 야자수, 탁 트인 시야, 넓은 밭, 끝내 바다로 이르는 좁은 길. 생경한 풍경들 사이로 내 모습이 보였다.

외부에서 들리는 소리가 사라지자 작아서 잘 들리지 않았던 내부의 소리가 조금씩 들리기 시작했다. 내가 두려

149

위하는 것, 내가 끝내 지키고자 하는 것, 내가 진짜로 원하는 것. 그 소리에 집중하자 지금 어떤 일에 몰두해야 하는지가 분명해졌다. 지금 당장 해야 하는 것을 하자. 해야 하는 것에는 주로 하고 싶은 일을 가장 위에 두자. 그 외에 다른 것을 못 하게 된다고 해도 너무 아쉬워 말자. 지금 이 순간 가장 잘할 수 있는 일을 한 것만으로 만족하자.

- 강지혜, 《오늘의 섬을 시작합니다》, pp. 67~68, 민음사, 2021

잘도 저렇게 써놨네. 저렇게 써놓은 이후 나는 정말로 '내가 진짜로 원하는 것'을 하며 살았는가? 아니다. 아닌 것 같다. 하고 싶은 일만 한 것 같으면서도 결국 원하지는 않지만 지금 당장 하지 않으면 안 되는 일, 해내지 않으면 안 되는 일만을 하며 살아온 것 같다. 내뱉은 말은 지키면서 살고 싶은데……. 말(글)과 행동이 이렇게 달라서야 참된 작가라고 할 수 있을 것인가! '저렇게 써놓고서, 그걸 지키지 않았어. 이거 완전 거짓말쟁이 아냐? 앞으로 어떻게 얼굴을 들고 다닐 수 있나. 나는 위선자에, 쓰레기야. 아무도 내 글 따위, 안 읽을 거야. 이런 위선자의 글을 누가 읽어? 아니지, 지금도 별로 안 팔리니까. 사람들이 내가 위선자인 걸 알고 내 글을 안 읽는 걸까? 역시 그런 거였어…….'

지금까지의 나라면 이런 자괴감과 죄책감 속에 나를 던져 버리고 우울 속으로 침잠했겠지. 하지만 앞으로의 나는 그렇지 않다. 지금부터 나는 이렇게 생각한다. '저 책을 썼을 때 나는 저렇게 살고 싶었구나. 그렇게 하려고 노력하면서 그 과정을 기록해두었구나. 스스로에 대해 자신이 없어질 때마다, 약해질 때마다, 힘들 때마다 보려고 그렇게 써놨구나. 스스로 다독이고 싶었구나. 힘들었을 텐데. 엄청 용기 냈네.' 이렇게 생각하는 것만으로는 자괴감이 사라지지 않을 땐 입 밖으로 소리 내어 말한다. "저렇게 써놓고 거기서부터 출발하고 싶었지. 다짐하고 싶었지. 지금 그렇게 못 살고 있다고 너무 자책하지 말자. 계속 노력하고 있잖아. 괜찮아."

《오늘의 섬을 시작합니다》가 출간된 것이 2021년, 그리고 지금 이 글이 세상에 나오면 2023년. 그동안 무슨 일이 있었기에 사고방식이 바뀌게 된 걸까.

나는 어릴 때부터 착한 아이였다. 누가 시키지 않았는데도 두 살 터울의 동생을 잘 챙기고, 부모가 싫어하는 일은 애초에 하지 않으며 무엇이든 혼자서 잘하는 아이. 어떤 자리에 가서도 칭찬받아 마땅한 착하고 속 깊은 첫째 딸. 얼마 전 어머니와 통화를 하다가 문득 "나는 어릴 때 어떤 애였어?" 하고 물으니 "배려를 잘하는 아이였지. 원하는 것이 있어도 입 밖으로 잘 내지 않는, 착한 딸이었지"라는 대답이 돌아왔다. 역시. 내가 생각했던 대로였다.

아이가 배려를 잘하고, 제 나이보다 속이 깊다는 것은 결국 타인에 대한 생각이 많다는 것을 의미한다. 좋게 보면 공감 능력이 뛰어난 것이지만 그건 곧 타인을 너무 많이 의식하고 있다는 말이기도 하다. 내가 꼭 그랬다.

어린 시절의 나는 어머니의 감정과 상태에 민감한 아이였다. 어머니가 누구 때문에 힘들어하는지, 무엇 때문에 힘들어하는지를 살폈고 그것을 내가 해결해주고 싶었다. 내가 도저히 해결할 수 있는 게 아니라면 어머니가 조금 덜 힘들 수 있게 돕고 싶었다. 나는 맞벌이를 하는 부모가 부재할 때 동생을 돌봤고, 나 역시 어린이였지만 혼자서 할 수 있다고 생각하는 여러 가지 일을 해냈다.

부모의 이혼 이후에는 그것이 더욱 선명해졌다. 나는 어머니가 부재한 집에서 어머니의 역할을 해내야 했다. 아버지가, 삼촌들이, 고모들이, 할아버지가, 할머니가, 직간접적으로 나에게 그것을 원했다. 심지어 나는 그 역할 역시 모두 해냈다. 나는 착한 아이였으니까, 배려를 잘하고, 속이 깊은.

이제는 안다. 아이는 아이다워야 한다. 아이가 어른 같으면 안 된다. 속이 깊으면 안 된다. 배려라는 것은 덕목일 수 있지만 그 배려로 인해 스스로가 힘들어진다면, 그 배려는 다시 생각해봐야 한다. 그건 배려가 아니라 '무리'고, 무리하면 사람은 닳는다. 그런데도 자꾸 무리하면, 닳아서 결국은 없어진다.

그렇게 자란 아이는 공감 능력이 뛰어난, 눈치를 많이 보는, 남의 감정을 내 마음보다 중히 여기는 어른이 되었다. 별로 큰 문제가 없어 보였다. 남들이 보기에 나는 외향적이고 여러 가지 일을 열정적으로 하며 주변 사람들에게 평판도 좋은 사람이었으니까.

문제는 내가 정말 그런 사람이 아니라는 데 있었다. 나는 착한 사람이 아닌데 착한 척을 했다. 나는 예의 바른 사람이 아닌데, 상냥한 사람이 아닌데 그런 척했다. 내가 그런 사람이어야만 상대방의 마음이 편해진다고 믿었다. 내가 먼저 미안하다고, 지금 일어난 일은 내가 잘못했기 때문이라고 말하면 상대방의 마음이 편해지는 것 같았다. 내 앞에 있는 이 사람이 화를 풀고 우리가 함께 겪고 있는 갈등이 끝나면 모든 것이 다 좋은 거라 믿었다.

모든 사람과 다 잘 지내고 싶었다. 모두가 나를 '좋은 사람'으로 기억하면 좋겠다. 그렇게 만들고 싶다고 생각했다. 내가 원하는 것보다 상대방이 원하는 것이 무엇인지 먼저 생각하고 움직였다. 제일 처음엔 아마도 상대방을 위한 마음을 먼저 '생각하고' 움직였던 것 같은데, 어느 순간부터 그냥 내가 '움직이는' 자체가 상대방이 원하는 방향이었다.

딸아이의 상처가 심하게 곪아 며칠간 어린이집에 가지 못한 때가 있었다. 처음엔 다친 부위가 좀 크긴 해도 아이들은 워낙 회복이 빠르니까 약 잘 발라주면 금방 낫겠지 하는 마음이었다. 하지만 집에 있던 연고를 바르고 자주 손대지 못하게 했는데도 상처에서는 계속해서 진물이 나왔다. 결국 병원에 갔고, 농가진 진단을 받았다.

이 병은 전염성이 강해서 다중 이용 시설에 제한을 두는 것이 일반적이다. 딸아이의 경우 넘어져서 생긴 상처를 계속해서 긁다가 세균에 감염되어 농가진으로 발전한 것이었다. 농가진을 치료하기 위해선 발생 부위에 최대한 손을 대지 않아야 하고, 세균성 연고를 열심히 바르고, 심할 경우 항생제를 복용하면 된다. 처방약을 먹고 하루 뒤 아이가 호소하던 가려움이 사라졌고, 가렵지 않으니 상처 부위를 긁지 않았다. 이틀만에 딱지가 앉았다. 이제는 아이의 무릎에서 당시의 상처를 찾아보기 힘들 정도다. 시간이 흘렀고, 상처는 희미해졌다.

나는 왜 이 간단한 걸 모르고 지금까지 살았던 걸까. 상처가 나면 그 부위에서 손을 떼야 한다는 걸, 적절한 약을 바르고, 정확히 작용하는 약을 먹으면 된다는 걸.

별일 아니라고 생각했다. 다른 사람들의 요구를 들어주거나 상대방의 기분을 생각하느라 내가 받은 상처는 별일 아니라고 여겼다. 일단은 이 갈등 상황에서 벗어나는 게 내 기분도 편해지니까. 내가 받을 불이익과 불편 정도는 감수할 수 있을 거라고, 그 불편으로 인해 생긴 내 상처는 돌보지 않았다. 시간이 지나면 나을 거야. 자연적으로 다 치유되는 거야. 어른이 되면 괜찮을 거야. 내가 저들에게 좋은 사람이 되려고 더 열심히 노력하면 괜찮아질 거야. 그렇게 오랜 시간 동안 내 상처를 방치했다. 만지면 덧날까 봐 마구 만지지는 못하면서, 그러다 참을 수 없이 가려우면 결국 청결하지 못한 손으로 살살 긁어가면서. 그렇게 오랜 시간 내 상처에서는 걷잡을 수 없이 진물이 흘렀다. 고름이 나왔다. 시간이 흘러도 전혀 괜찮아지지 않았다.

아이에게 나 같은 성향을 물려주고 싶지 않다는 마음으로 심리상담을 받기 시작했다. 그것이 나에게 어떤 물꼬를 터준 것은 분명하다. 상담사는 끊임없이 '나'의 기분과 감정에 대해 물었다. 그래서 나 역시 스스로에게 질문해보았다. 내가 드디어 나의 마음에 대해 궁금해하기 시작한 거다. 서른여섯이 되어서야 비로소.

• 나는 상처를 받으면 '자연 치유'가 가능한 사람인가?

⇨ 아니다. 나는 고통이라는 감각에 매우 예민한 사람이
다. 그렇기에 심지어 다른 사람의 고통에 크게 공감하기
까지 한다. 자연적으로 치유할 힘이 나에게는 없다.

• 내가 상대의 고통에 공감하면 상대방의 고통이 사라지는가?

⇨ 아니다. 다만 그의 마음이 조금이라도 편해질 수 있다
면…….

• 상대의 고통이 순간, 아주 약간 덜어질 수는 있을지도 모
른다. 그렇다고 그가 처한 문제가 해결되는가?

⇨ 아니다. 하지만……. 그의 기분이 풀렸으면 좋겠어서.

• 그의 기분이 풀릴 수는 있다. 그렇다고 그가 처한 문제가
해결되는가?

⇨ 아니다…….

• 그렇다면 그건 불가능한 욕망이 아닌가.

⇨ 그렇다. 이것은 불가능한 욕망이다. 내가 동생을 잘 돌
본다고 어머니가 처한 상황이 나아지는 건 아니었다. 내
가 어머니 대행을 한다고 아버지의 외로움이 사라지는
건 아니었다. 내가 어떤 선의를 가지고 한 일이라고 해서
그것이 상대에게 꼭 좋은 결과만을 주는 건 아니었다. 나

는 불가능한 것을 원하다가 정작 중요한 '나'를 너무 오
랜 시간 방치했다.

　내가 남의 고통에 민감하고 예민하게 반응하는 이유는 아
이러니하게도 내가 사람을 너무 좋아해서 그렇다. 그 사람의
감정과 고통을 내가 공감해주면 그의 마음이 나아질 거라는
믿음이 있었다. 나는 누군가에게서 이해받는다는 생각이 들
면 마음이 편해지니까. 하지만 그건 오만이었다. 그래서 마음
이 편해지는 건 나의 경우에만 해당되는 일이다.

　나는 비로소 인정하기로 했다. 내가 사람을 좋아한다는 것,
그러나 그것이 상대방의 어떤 것도 바꿀 수 없다는 것. 그러니
불가능한 욕망 말고, 나 자신을 돌봐야 한다. 나는 그 어떤 상
처에도 의연할 수 없다. 상처를 자연적으로 치유하는 것이 어
려운 성격이다. 그런 기질로 타고나기도 했고, 여러 상황에 의
해서 그런 성격이 강화되었다. 그렇다면 의학적인 도움도 필
요하다. 그런 의미에서 상담도 시작했고, 약물의 도움을 받는
것도 고려해야 한다. 혼자 버티려고 할 필요 없다. 그래봤자
나만 닳아 없어질 뿐이다.

사람의 성격은 바뀌지 않는다고 믿고 있다. 다만 그 성격을 가지고 좀 더 건강히 살 수 있는 방법은 강구해볼 수 있다. 어떤 관계나 상황이 나를 걷잡을 수 없는 불안과 우울 속으로 몰고 갈 때면 나는 생각한다. 이것은 내 감정이 아니다. 이건 상대방의 감정이다. 이 모든 상황을 내가 해결하려고 할 필요가 없다. 심지어 그렇게 되지도 않는다. 내가 아무리 노력해도 일어날 일은 일어나게 되어 있고, 다른 사람의 감정은 내가 손댈 수 있는 영역이 아니다. 이것은 나 때문에 일어난 일이 아니다. 저 사람의 감정에서 일어난 일이다. 내가 책임질 수 있는 게 아니다. 그래도 도저히 안 되겠다고 판단될 때는 소리 내어 말한다.

　　"이건 내가 노력해서 되는 일이 아니야. 저 사람의 감정이야. 네가 책임지려 할 필요 없어. 좋은 사람일 필요 없어. 심지어 내가 선의를 가졌다 한들 상대방은 그렇게 생각하지 않아. 모든 사람에게 좋은 사람이 된다는 건 오만이야. 허상을 쫓지마. 나는 내 앞가림만 잘하면 돼. 내가 원하는 것이 무엇인가를 생각해. 내가 하고 싶은 말, 내가 편해지는 것에만 집중해."

소리 내어 말하면 생각한 것을 귀로도 한 번 더 듣게 돼서 그 효과가 더 커진다. 그러고도 안 될 때는 지금처럼 글로 쓴다. 눈으로도 한 번 더 보려고. 그렇게 끊임없이 나를 안심시킨다. 괜찮다고. 정말 괜찮다고. 나는 나만 생각해도 된다고.

각고의 노력을 하는데도 불쑥불쑥 소용돌이치는 불안과 자괴감이 나를 잡아먹을 것 같을 때가 있다. 그럴 땐 도움을 청해야 한다. 약도 먹고, 상담도 받으면서. 그리고 이걸 기록해둔다. 나도 보고, 나와 닮은 누군가도 보라고.

저기요, 세상에는 노력해서 안 되는 일이 아주아주 많습니다. 우리가 할 수 있는 단 한 가지의 일은 나 자신을 바라보는 것입니다. 나 자신을 보고, 나 자신이 무엇을 원하는지 그것만 생각합시다. 이렇게 말한다고 해도 우리 같은 사람들은 또다시 다른 사람들의 마음을 살피려고 하고, 또다시 팔 걷어붙이고 나서서 다른 사람들의 의미를 찾아주고 싶을 거예요. 그러니까 조금은 내 생각만 해야 합니다. 자꾸자꾸 의식적으로 나만을 생각합시다. 그건 우리 일이 아니니까 그만 봅시다. 그건 우리의 감정이 아니니까 그냥 둡시다. 우리는 다른 사람들보다 더 예민하고 섬세한 감각을 가졌을 뿐이에요.

그러니 다른 사람들의 감정을 생각하는 것에 우리 인생을 허비하지 맙시다. 다른 사람들의 행동을 파악하느라 우리 스스로의 인생을 방치하지 맙시다. 우리 자신을 봅시다. 내가 원하는 것, 내가 두려워하는 것, 내가 편안해하는 것을 봅시다. 우리는 어차피 100퍼센트 내 생각만 하고 살 수 없는 인간들이잖아요. 그러니까 우리 조금만 더 내 생각만 합시다. 이제는 다른 무엇이 아니라 나 자신을 지키며 살아봅시다.

나를 걷게 한 너

판도라의 상자가 열렸다. 싸이월드가 돌아왔고, 사진첩이 복구된 것이다. 한참 원고를 쓰고 있던 도중 싸이월드 알림 메시지를 받고 도저히 그냥 지나칠 수가 없었다. 이끌리듯 사진첩을 열자, 2000년대 후반과 2010년대 초반의 내가 쏟아져 나왔다. 아직 대학생이었던 나, 사회 초년생이었던 나, 그리고 내 친구들.

처음 사진첩을 보았을 때는 "으아! 나 무슨 이런 옷을 입고 다녔어? 머리 좀 봐! 어머, 진짜 말랐네. 계속 똑같은 표정과 포즈로 사진을 찍었네. 셀카 엄청 찍었네. 자의식 과잉인 것 좀 봐. 아, 너무 웃겨. 젊다, 젊어"를 연발했다. 이불을 퍽퍽 걷어차며 내 젊은 날의 사진을 본 뒤에 시선이 머문 곳은 바로 프레임 너머였다. 이 수많은 사진을 찍어준 사람들. 내 앞에서 카메라 또는 휴대폰을 들이대며 "깡지, 여기 좀 봐!"라고 외쳤던 이들. 까불거리는 내 모습을 순간으로 남겨주었던 사람들. 이 사진은 누가 찍어줬더라. 이 사진은 누구의 싸이월드에서 퍼온 거였더라. 아, 이때 누구랑 있었구나. 너와 나. 우리, 여러 곳에서 많은 모습으로 존재했었구나.

나의 20대 초중반을 떠올리면 늘 왁자지껄한 술자리가 그려진다. 요샛말로 그야말로 '인싸'였다. 각종 학과 행사, 크고 작은 모임, 어느 자리에서든 내 목소리를 들을 수 있었다. 지금 생각해보면 좀 무리다 싶을 정도로 많은 자리에 참석했다. 그것이 불안과 강박 때문이라는 걸 그때는 몰랐다. 그저 혼자가 싫다, 혼자서는 모든 것이 너무 힘들다고 생각했다.

성인이 되기 전에도 그랬다. 나는 친구들 사이에 몸을 숨기는 아이였다. 왁자지껄, 우당탕탕의 한가운데로 들어가야 했다. 그래야 안전하다고 느꼈다. 그렇기에 혼자 있는 걸 견디지 못했다. 애초에 혼자 있는 시간을 만들지 않았다. 눈을 뜨면 학교에 가고, 학교가 파한 뒤에는 무조건 친구들과 함께 있었다. 주말에도 절대 집에 있지 않았다. 끊임없이 약속을 잡았다. 하지만 잠들 때만큼은 혼자여야 했기 때문에 잠드는 게 어려웠다. 그런 이유로 매일매일 엄청 시끄럽게 떠들어댔다. 그런 내 모습에서 나보다 먼저 나의 나약함을 발견한 건 S였다.

S와는 고등학교 1학년 때 짝꿍이 되면서 친구가 되었다. 고등학생이 된 지 며칠 지나지 않았던 날. 지루한 수업시간이었고, S가 먼저 여자애들만 있는 학교는 처음이라 긴장된다고 말했다. 나는 여중에서 여고로 진학했기 때문에 연락하고 지내는 남자친구들이 없다고 소곤거렸다. 어디에 사냐고 내가 물었고, "장위동 알아?" 하고 S가 되물었다. 나는 "당연하지, 나 경희대학교 병원에서 태어났어" 하고 말했다(장위동과 경희대학교 병원이 소재한 회기동은 그리 멀지 않은 곳일 뿐 같은 동네는 아니다). S는 "아! 경희대학교 병원 알지. 회기역(경희대학교 병원이 회기역 근처에 있다) 근처에 맛있는 파전집을 아는데……" 하고 말을 이어갔다. 선생님은 소곤거리는 우리에게 경고를 주었다. 선생님이 다시 판서를 하기 위해 칠판으로 고개를 돌리자 우리는 마주 보며 낄낄거렸다.

그 후로 우리는 항상 붙어 다녔다. 학교에서도, 학교 밖에서도 함께였고 서로의 집을 드나들었다. 우리 집에서 놀다 S가집에 갈 시간이 다 되면 마을버스 정류장까지 바래다주었는데, 무슨 할 말이 그렇게 많은지 마을버스를 몇 대씩이나 일부러 보내고 난 뒤에야 S는 "진짜 집에 가야겠다. 내일 다시 얘기 해!" 하고 후다닥 버스에 오르곤 했다. 물론 내가 S네 집에서 노는 날도 그런 패턴은 계속되었다.

나는 그때도 여러 집안일과 유사 엄마, 유사 며느리, 유사 아내, 유사 형수, 유사 새언니 등의 역할을 해내느라 지쳐 있었다. 내가 유사 며느리와도 같았다는 건 고등학생인 내가 명절 증후군을 앓았다는 걸 떠올려보면 쉽게 유추할 수 있다.

아버지는 할아버지와 사이가 매우 좋지 않아서 명절에 시골에 내려가지 않는 경우가 더 많았다. 하지만 이상하게 나나 내 동생은 삼촌의 손에 이끌려 꼭 명절이면 귀성길에 올랐다. 명절에 시골에 가면 할머니를 도와 차례 음식을 만들고 할아버지에게 듣기 싫은 소리를 듣는 것도 짜증났지만 더 싫은 건 따로 있었다. 가족들끼리 싸우는 것이었다. 내가 볼 때 아빠 쪽

가족들은 그다지 화목하지 못했다. 아니, 오히려 서로 반목했다. 그런 사람들이 왜 명절 때만 되면 억지로 모여 있다가 할 말이 없으니 어색해서 술을 마시고, 그러다 결국 싸우는지 도대체 이해가 되질 않았다. 어떤 때는 그저 언성이 높아지는 정도였고, 어떤 날은 일이 커지기도 했다.

그날은 내가 겨우겨우 설득해서 아빠를 시골까지 데려간 때였다. 그날 밤은 물건이 부서졌고, 아빠와 삼촌들이 치고받았다. 씩씩거리던 아빠는 새벽에 먼저 서울로 올라가버렸다. 나는 내가 괜히 아빠에게 시골에 가자고 해서 이런 사단이 난 것 같아 괴로웠다. 모든 게 다 내 탓인 것 같았다.

가지 말라고 아빠를 붙잡는 데 실패한 나는 새까만 어둠 속으로 울며 뛰어갔다. 할아버지 집에서 멀리 달아나 커다란 당산나무 있는 데까지 쉬지 않고 달렸다. 숨이 잘 쉬어지지 않았음에도 나는 S에게 전화를 걸었다. 아주 늦은 시간이었지만 S는 전화를 받아주었다. 아무 말도 하지 않고 몇십 분을 내리 울었던 것 같다. S는 아무 말 없이 내 울음을 끝까지 다 들어주었다. 사정을 다 들은 S는 너는 아무것도 잘못한 게 없다고 말해주었다. 울어도 된다고, 다 괜찮다고도 해주었다. 생각해보면 당시 S도 고작 열일곱 살이었는데.

S는 언제나 내 편이 되어주었다. 나의 좋은 점이 보이면 늘 바로바로 추켜세워 주었고, 내가 괴로워할 때 항상 내 옆에서 "그건 네 탓이 아니야"라고 말해주었다. 내가 비행을 저질러도, 못난 행동을 보여도 S는 함께 웃고 울어주었다. 미션스쿨의 강제적 예배를 받아들이지 않겠다고 선언한 내가 일주일에 한 번 예배에 참여하지 않는 대신 학교의 모든 정수기를 관리하는 일을 하게 되었을 때도 "오히려 좋은데?" 하고 나와 함께해주었다.

20대가 되어 살아가는 형태가 달라졌을 때도 나와 S는 항상 함께였다. 내가 S를 학교 축제에 초대하고, 방학 시즌이 되면 S는 내게 자신이 일하는 곳의 아르바이트 자리를 주었다. 서로의 친구를 소개해서 함께 술을 먹고, 함께 여행을 다녔다. 술을 먹다 취하면 나는 주로 S에게 늘 털어놓았던 똑같은 이야기를 하며 울었고, S는 그런 나를 정말 단 한 번도 지겨워하지 않았다. 내가 시인이 되었을 때, S는 내 시가 실린 잡지를 꽉 끌어안고 정말 자기 일처럼 기뻐하며 팔짝팔짝 뛰었고, 자기가 더 크게 울었다.

최근에 심리상담을 받을 때 많은 힘든 일 속에서도 이렇게 잘 자라게 도와준 사람들이 있냐고 상담사가 물었을 때, 나는 단번에 S가 떠올랐다. S가 없었다면 이만큼 버틸 수 없었을 거라고 확신했다. 그리고 그날 오후 문득 이 마음을 S에게 전해야겠다고 생각했다. 카톡이었지만 나는 그녀에게 네가 고등학교 때부터 내 옆에 있어주고 내 말을 들어줬던 것이 나를 얼마나 살렸는지 모른, 너무 고맙다는 말을 보냈다.

S는 그렇게 말해줘서 고맙다고, 그런데 자신 역시 나를 통해 구원받았노라 답했다. 지금껏 너무 고단하게 살았으니 더 애쓰지 않아도 된다고도 말해주었다. 조금은 간지러운 말들이 오갔지만, 처음 만났을 때 떠들다 선생님에게 지적받은 뒤 낄낄거렸던 그때처럼 낄낄거리며, 각자 애 키워놓고 또 신나게 놀아야 하니까 반드시 건강을 유지하자는 이야기로 마무리했다.

성동혁 시인이 쓴 에세이집 《뉘앙스》에는 그와 친구들의 멋진 우정을 엿볼 수 있는 에피소드가 등장한다. 성동혁 시인은 선천성 난치병을 앓고 있어 여행이나 산행 같은 신체 활동에 제한이 많다고 한다. 그런 시인 곁을 오랫동안 지켜준 친구들이 있다. 평생 동안 산에 올라보지 못한 시인을 업고, 시인에게 꼭 필요한 산소통을 지고, 오를 수 있는 만큼 산을 오르는 사람들.

목구멍 안에서부터 찡해지는 그 모습을 그려보고 있자니 자연스럽게 S가 떠오른다. 나를 잘 아는 친구 한 명만 있어도 그 인생은 꽤 성공한 삶이라는 말이 있다. 그렇다면 내 인생은 결코 실패가 될 수 없을 거다. S, 바로 네 덕분에. 우리가 처음 만난 날로부터 20년이 흐르는 동안 정말 많은 것이 변했지. 나는 시인이 되었고, 제주로 이주했고, 어릴 때보다 더 염세적이고 더 불안한 사람이 되었어. 이런 나를 너는 언제나 열일곱의 울보 강지혜로 봐 주겠지. 그 울보 곁에 오래도록 있어주겠지. 울보인 내가 여기까지 걸어온 건 네가 뒤에서 토닥여주기 때문이었어.

나를 걷게 한 나의 S, 앞으로의 걸음도 지켜봐 줘. 우리 딸들에게 온전히 믿는 관계란 어떤 형태인지, 좋은 친구란 무엇인지 알게 해주는 엄마로, 그런 어른으로 남자.

오래전, 친구에게 한 번도 산에 올라가 보지 못했다는 말을 했다. 그래서 사람들이 산 정상에서 찍은 사진을 보면 맘이 이상하게 슬퍼진다는 이야기를 했다. 친구는 그 말을 잊지 않고 오래 간직했다. 시간이 지나 그 친구는 의료인이 되었고, 어느 날 조심스럽게 산에 오르자는 이야기를 꺼냈다. 처음 친구에게 산에 대한 이야기를 꺼낸 날, 친구는 곧바로 나를 업고 산에 오르고 싶었다고 했다. 하지만 혹시 산에 오르다 사고가 나든가, 내가 아플까 걱정이 돼 쉽게 그러할 수 없었다고 했다. 근데 이제 자신이 의료인이 되었으니 담당 의사에게 허락을 받고 준비할 의료용품을 챙겨 산에 오르자 했다. 만약의 일에 충분히 대비하여 함께 오르자 했다. 담당 의사에게 허락을 맡고, 필요한 장비들을 준비했다. 친구들은 팀을 꾸려 나를 앉힐 알루미늄 지게를 손보고, 점검차 산을 미리 오르며 등산로를 체크했다. 친구들은 한두 달, 나를 위한 계획을 짰다.

꼼꼼하게 준비를 하여 2016년 시월, 태어나 처음으로 산을 올랐다. 정확히는 친구들에게 업혀 산을 느꼈다. 친구들이 발을 디딜 때마다 그들의 등을 통해 산을 느꼈다. 산소통을 드는 친구, 미리 앞으로 가며 길을 점검하는 친구, 번갈아가며 지게로 나를 업은 친구들, 뒤에서 받쳐 주는 친구, 그 표정을 담아 주던 사진가 친구. 사람들에겐 그저 서울의 완만한 산이었겠지만 내겐 그 어떤 산보다 아름답고 높은 산이었다.

산을 오르기 전 우리의 목표는 정상이 아니었다. 우린 '함께', 우리가 '오를 수 있는 만큼'만 오르자 했다. 그것이 우리가 생각한 정상이었다. 생각해보면 친구들과의 시간이 그러했다. '함께', '할 수 있는 만큼'.

- 성동혁, 〈함께, 오를 수 있는 만큼〉, 《뉘앙스》, pp. 18~20, 수오서재, 2021

다만 내 옆에 당신이 있어서

◐◐

나는 잡고 있던 너의 손을 버리고 문밖으로 나왔지. 홀로 있을 때 나를 버릴 수 있는 사람은 오로지 나뿐이었는데 함께 있을 때 나를 버릴 수 있는 사람은 둘이 된다.

신발을 벗고 우물을 들여다본다. 물속 깊은 그림자 속에 빠져들어 있으면 바닥이 되고 싶다. 불행은 물속으로 녹아드니까. 자신의 그림자를 죽은 자 위에 놓아두면 안 된다는 옛말은 보다 아름다운 세계를 감추려는 것일지도 몰라. 우리는 잠에서 흘러나와 잠으로 가는 것이니까.

너는 천천히 다가와 벽돌을 쌓는다. 추위에 견딜 수 있는 시간을 담고 벽은 금이 가겠지. 옛집에는 스스로 울 수 있는 흙이 숨겨져 있다고 너는 병든 내게 말했다. 진흙을 개어 우물터를 쌓던 밤이 있었다. 부드러운 한밤 깊은 곳으로 우리는 갔다. 너는 나의 손을 잡고 함께 버려지고 있었다.

- 이영주, 〈우물의 시간〉 전문, 《어떤 사랑도 기록하지 말기를》, 문학과지성사, 2019

두 번째 에세이집 《우리는 서로에게 아름답고 잔인하지(이하 우서아잔)》를 읽은 독자들 반응이 정말 재밌다. "작가님, 아직 남편분과 잘… 살고 계시죠?" 직간접적으로 그런 질문을 받을 때마다 나는 글자 그대로 "푸하하하" 웃으며 말한다. 네. 여전히, 아직도 잘 살고 있습니다. 나의 뮤즈. 나의 반려인. 나의 상현. 우리가 함께한 지 올해로 10년. 우리는 어쩌자고 10년이라는 시간을 함께해버린 걸까.

'우서아잔' 속 남편은 2016년부터 2020년까지 약 4년의 모습으로 존재한다. 다행히 현재의 상현은 그때의 상현보다는 나은 사람이 되어 있다. 그 책에 적힌 갈등이 극심했을 당시를 떠올리면, 우리는 제주도로 이주한 뒤 하루 스물네 시간, 365일을 함께 있었다. 그게 화근이었다. 그와 나의 물리적 거리가 과하다 싶을 만큼 가까워졌던 것이다.

그때, 약 4년간의 고통의 시간을 통해 인간관계에서 물리적 거리가 얼마나 중요한지 알게 되었다. 특히 오랫동안 함께 살아야 하는 사람들이라면 더더욱 물리적 거리를 적절히 조절하는 기술이 필요하다. 물리적 거리는 곧 심리적인 거리와 연결되고, 사람들 사이에 심리적 거리가 적절하지 못하면 상대방에게 잠식되어 버릴 수 있다. 다시 말해서 '나'를 지킬 수 없게 되는 것이다.

그 당시의 상현이 매우 이기적인 행동을 자주 보인 것도 사실이다. 거기에 더해 나는 나 스스로를 지킬 힘이 없었다. 원래도 높지 않았던 자존감이 바닥을 쳤고, 그로 인해 나는 나의 감정을 돌보지 못했다. 오로지 상현의 감정과 기분이 내 하루, 일주일, 한 달, 일 년의 태도가 되었다. 그 상황에서 임신과 출산, 육아를 했으니. 괴로움과 고통이 산을 이루고 그 사이 계곡에는 눈물이 콸콸 흘러넘치는 게 당연했을지도.

자책만 하는 건 아니다. 아무리 생각해도 우리 관계에서 주로 잘못하는 쪽은 상현이었는데, 나는 그 행동을 보면서도 아무런 리액션을 취하지 못할 정도로 나약했다. 내가 나약하기 때문에 나를 무시해서 상현이 잘못을 하기 시작한 건지, 상현의 잘못으로 인해 내가 점점 나약해진 건지는 정확하지 않다. 떠오르는 것은 당시 우리 집은 위험할 정도로 부글부글 끓고 있었다는 점이다.

당시에는 내가 육아와 가사를 담당하고 상현은 부업을 하며 숙소 인테리어 공사를 진행하고 있었다. 상현은 그야말로 하루 종일 육체노동을 했고, 모든 에너지를 일에 쏟아붓고 온 그는 집에 돌아오는 순간 아무것도 하고 싶지 않아 했다.

나는 그가 집에 오는 시간이 되면 괴로웠다. 집 안 공기가 답답하게 바뀌는 것 같았으니까. 요즘이 어떤 세상인데 일하고 왔다고 가사를 하지 않으려 하나, 부모 역할은 나 혼자 하냐, 같은 말이 목구멍까지 차올랐지만 웬일인지 나는 그 말들을 입 밖으로 내지 못했다. 외부에서 사람들을 만나면 "말 참 잘한다" "리더십 있다"라는 소리를 듣는 나인데, 나는 그때 왜 아무 말도 하지 못했을까. 무엇이 내 입을 막고 있었던 걸까.

시간이 어느 정도 흐른 뒤에 알게 된 사실은, 육아는 꽤 단단하다고 믿었던 '자아'도 얼마든지 앗아갈 수 있는 노동이라는 점이다. 신생아를 키운다는 것은 정말 그랬다. 아무것도 하지 않고 누워서 버둥거리는 생명 하나의 파급력은 대단했다. 아이는 내게만 모든 것을 원했다. 배가 고파도, 똥오줌을 싸도, 더워도, 추워도, 잠이 와도 오로지 나만 찾았다. 밥을 먹다 말고, 빨래를 널다 말고, 설거지를 하다 말고, 볼일을 보다 말고, 씻다 말고 아이에게 달려갔다. 나는 '나'라는 존재를 완전히 잃어버렸다. 그런 와중에 상현은 나를 향해 모진 말을 내뱉었다. 추락한 자존감, 사라진 자아, 나는 껍데기만 남은 사람이었다.

아이는 생후 8개월 때부터 어린이집에 다니기 시작했다. 아직 기어다니지도 못하는 아이를 어린이집에 보냈을 때, 사람들은 왜 그렇게 빨리 보육 시설에 보내느냐고 물었다. 그래도 아이가 의사표현은 할 수 있어야 하지 않냐고, 참 쉽게들 말했다.

아이가 어린이집에 가게 되었을 때는 숙소 공사가 끝나 손님을 받고 있는 상황이었고, 아이가 보육을 받는 시간에 재빨리 숙소 청소를 해야 했다. 어린이집에 가지 않는 주말이면 아이를 바구니형 카시트에 눕혀놓거나 업고 숙소 관리를 했다. 그조차 여의치 않으면 친구들에게 아이를 두어 시간씩 맡기기도 했다(그때 나에게 도움의 손길을 주었던 친구들 앞길에 축복이 가득하길. 진심으로 기도하고 있다). 상현은 그때 주말까지 인테리어 관련 일을 했다. 숙소 공사에 투자해놓은 금액이 있으니 두 사람이 맞벌이로 열심히 일해야 한다는 생각뿐이었다.

우리는 둘 다 경주마같이 일했다. 왜 한 번도 옆에 있는 서로의 눈을 마주 볼 생각은 하지 않았을까. 돈은 실체가 없는데다가 아주 멀리 있고, 내 옆에 있는 너, 네 옆에 있는 나는 손만 뻗으면 닿을 수 있었는데. 우리의 눈가리개를 우리 손으로 채운 것이었다. 서로의 눈가리개 너머에서 우리는 각자 다른 모습으로 일그러지고 있었는지도 모른다.

상현과 나의 관계가 바닥을 친 후, 내가 상담을 받기 시작하면서 우리 관계는 새로운 국면을 맞았다. 이러다 죽을 것 같아서 시작한 상담은 긍정적인 효과를 냈다. 상담을 받으면서 동시에 에세이를 쓰기 시작했는데, 이 두 가지가 변화의 시작이었다. 스스로에 대한 이야기를 말로 한 번, 글로 한 번, 총 두 번에 걸쳐서 하며 나를 돌아보게 된 것이다. 어떤 관계에서 물리적 거리가 중요하다는 것은 나와의 관계에서도 마찬가지였다. 한 발짝 떨어져서 나를 보니 나는 정말 나약했다. 쉽게 상처를 받았고, 그걸 치유할 힘도 없어 보였다.

그러나 나는 스스로 상담실 의자까지 걸어가서 앉았고, 나의 고통을 말했고, 울었다. 상담실 의자까지 가는 것만으로도 훌륭했고, 대견했다. 게다가 나는 글을 쓸 줄 알았다. 내가 경험한 순간을 글로 쓴다는 것은 그 시간을 영원히 박제할 수 있다는 것. 나는 나의 아픔과 초라함을 기록했다. 내 가족이 겪은 아름답지 못한, 못나고 한심한 순간들을 기록했다. 역설적이게도 그 기록이 나를 살렸다. 그 고통, 그 절망, 거기서부터 죽을힘을 다해 기어 나와 변화한 내 모습을 보면 자신감이 생겼다.

그러나 인생이 어디 그렇게 녹록한 것이던가. 자신감으로 잠시 충만했던 나에게 좋지 않은 일이 일어났고, 단 한순간에 껍데기밖에 없었던 예전 모습으로 돌아가 있었다. 절망적이었다. 나는 해도 안 되는구나. 결국 내가 했던 모든 일이 다 위선이었구나. 내가 믿는 가치, 관계, 모든 것이 다 허상이었구나. 그런데 어쩌지. 어떻게든 이 일을 해결해야 할 텐데. 난 도저히 모르겠는데. 어떻게 해야 할지 도저히 모르겠는데. 모든 걸 그만하고 싶다. 내가 세상에 없다면 이 모든 고통이 사라질 텐데. 무슨 영화를 누리겠다고 내가 여기서 이렇게 괴로움에 몸부림치는 거지? 핸들을 오른쪽으로 최대한 꺾으면 돼. 마침 오늘은 바다가 거칠다. 파도가 높아. 여기? 여기가 좋을까? 뒷좌석에 아이를 앉힌 채 해안도로를 달리며 나는 끊임없이 이런 생각들만 하고 있었다.

나는 초주검인 상태로 집으로 돌아왔다. 사실 어떻게 집에 왔는지 잘 기억도 나질 않는다. 딸의 식사를 챙겨주고 방에 들어가서 자괴감에 빠져 있는 내게 상현이 다가왔다. 그는 내 어깨를 잡고 내 얼굴을 똑바로 보며 힘을 주어 말했다. "거기서 빠져나와. 그건 네 잘못이 아니야. 해결할 수 없는 일에 너무 마음 쓰지 마. 너는 최선을 다했어. 네 일에 집중해. 어쩔 수 없는 일은 뒤로하고 앞으로 가야 할 때도 있는 거야." 상현은 투박하지만 솔직한 언어로 말해주었다.

나는 퍼뜩 정신을 차렸다. 짧은 말이었지만, 그의 말 덕에 그 어떤 상황보다 중요한 게 나 자신을 지키는 일이라는 것을 깨달았다. '어쩔 수 없는 일'도 있다는 걸. 나는 무엇이든 다 할 수 있는 사람이 아니라는 걸. 나는 슈퍼맨이 아니라는 걸. 그런 생각은 오만이라는 걸 알게 되었다. 감당하기 어려운 일은, 회피할 수도 있는 것이다. 설사 그것이 도망이라 할지라도, 나를 지키기 위해서라면 그럴 수 있는 거다.

어떤 시간 속의 상현은 내가 그를 가장 필요로 했을 때 내옆에 없었다. 그래서 우리는 깨졌고 일그러졌다. 하지만 어떤 순간엔 내가 그의 필요를 전혀 인식하지 못하고 있을 때 나타나 적확한 조력자가 되었다. 그는 나를 버리는 사람이기도, 나를 구하는 사람이 되기도 한다.

나와 너를 일컫는 말은 부부. 부부라는 말은 우리를 표현하기에 너무 좁다. 우리는 친구이기도, 원수이기도 하고, 오래된 연인이기도, 형제이기도 하다. 여자와 남자이기도 하고 젠더가 전혀 필요 없을 정도로 편하기도 하지만 그만큼 서로를 알지 못한다. 간단히 부부라고 부르기엔 우리는 너무나 복잡하다. 우리는 지난 10년 동안 얼마나 치열했나. 앞으로 10년이 흐르고 난 뒤에도 나는 너를 상현, 이라고 부를까. 그럼 너는 나에게 지혜야, 라고 말할까. 세상에서 가장 알 수 없으면서도 속이 훤히 보이는 너. 나의 뮤즈. 나의 상현. 10년이 흐른 지금에 와서야 우리 서로의 이름을 들여다보게 되었네. 강산이 변한다는 시간, 관계의 변화를 자축하며. 다음 10년은 무엇을 품고 우리를 기다리고 있을까.

3부

작고 소중한
내 딸,

나를 키운 건 너야

아이를 낳았다. 그것도 딸을 낳았다. 언제나 딸을 낳고 싶었다. 그러나 아이를 갖고 싶진 않았다. 할 수만 있다면 평생 엄마가 되고 싶지 않았다. 결말이 뻔히 예상되는 신파극을 보기 전의 기분이었달까. 자식을 낳는다면 어느 순간 그 아이를 나 자신보다 더 사랑하게 되겠지. 나는 신파의 의도대로 가장 슬픈 장면에서, 가장 크게 오열하는 사람이니까. 울고 싶지 않았다. 반드시 울게 될 것이니까. 그러나 나는 몰랐다. 이 두려움이 나를 구원할 것이라는 걸.

자식을 키운다는 건 매번 자신의 가장 큰 두려움을 목도하는 일이다. 나의 가장 약하고 악한 부분이 누군가에게로 흐른다는 것. 그것은 위에서 아래로 물이 흐르듯 아주 자연스럽고 또한 과학적인 사실이라는 것. 매일 조금씩 자라는 딸의 얼굴에서 나의 번뇌와 기쁨이 문득문득 엿보일 때, 딸의 몸 안에서 나라는 사람을 모두 뽑아버리고 싶다가도, 한편으로 그 모습이 사랑스럽고 애처로워 견딜 수가 없었다. 그러다 어느 순간 내가 낳은 너인데도 도저히 이해할 수 없는

면을 맞닥뜨릴 때면 놀랍고도 반가웠다. 너는 나와 완전히 다른 사람이고, 완벽한 타인이라는 점이 큰 위안을 주었다.

"나 자신을 내 딸처럼 생각하고 살면 된다"라는 말을 들었다. 딸을 키우며 그 말의 뜻을 이해하게 되었다. 어린 시절 내가 받고 싶었던 사랑, 받았어야 하는 사랑. 너에게 그것을 주고 싶다고 결심했다. 그러나 너는 내가 아니고, 네가 받고 싶은 사랑이 이것인지 나는 영원히 알 수 없을 테지. 그래서 깨닫게 되었다. 내가 정작 사랑해야 하는 것은 나라는 걸. 아마도 너를 낳지 않았다면 오랫동안 몰랐을 사실. 나 혼자서는 거기까지 생각하기 어려웠을 거야. 그러니 이것은 모두 내가 낳은 너의 덕. 자라나는 것만으로 되레 나를 키우는 나의 딸에게 바치는 글을 담았다. 내 등을 보며 따라올 너의 세상을 위해 힘내서 더 멀리 걷고 있다고, 못난 스스로를 조금씩 사랑해가며, 열심히 걷고 있다고. 그리고 작고 소중한 내 딸, 너를 언제나 존경하고 있다고.

내 새끼, 너를 존경해

◐◑

이런 일이 있었다. 나에게 어쩌다 아주 예쁜 초콜릿이 생겨서 마침 그날 수업이 있던 아홉 살 연두에게 나누어 주었다. 초콜릿이 조그마하니까 여러 개 집으라고 했더니 연두는 아주 좋아하면서 대여섯 개를 골랐다. 그리고 그중 하나를 먹으면서 나와 그림책을 읽었다. 그런데 책을 절반쯤 보았을 때 연두가 불쑥 묻는 것이었다.

"녹을까요?"

"응? 뭐가?"

"초콜릿요. 이거 손에 들고 집에 가면 녹을까요? 엄마 아빠랑 먹으려고요."

나는 잠시 할 말을 잃었다.

내가 조그만 지퍼 백에 초콜릿을 담아주자 연두는 안심한 얼굴이 되었다. 늘 그렇듯이 이날도 연두는 집에 갈 때 몇 번이고 다시 뒤를 돌아보았고, 모퉁이를 돌면서도 손을 흔들었다. 연두를 바래다주고 돌아오는 길에 생각했다. 나도 어렸을 때 저만큼 부모를 사랑했을까? 처음 먹어보는 작고 예쁜 초콜릿을 엄마 아빠에게 가져다주고 싶어서 방법을 고민했을까? 손에 쥐고 가면 녹을까 봐 걱정했을까?

그랬을 것이다. 연두처럼 나도, 엄마의 감기약이 식을까 봐 약국에서 집까지 약 봉투를 품에 안고 달려간 적이 있다. 다만 어린 나는 부모님께 감사해야 한다고 배웠기 때문에 사랑도 감사의 표현인 양 생각했던 것 같다. 고마워서 사랑한 게 아닌데. 엄마 아빠가 좋아서 사랑했는데. 은혜에 대한 보답이 아니라 사랑에 대한 응답이었다. 어린 나도 몰랐고, 아마 부모님도 모르셨을 것이다. 어린이들은 부모님의 사랑을 일방적으로 받기만 하지 않는다. 다만 서툴러서 어린이의 사랑은 부모에게 온전히 가닿지 못하는지 모른다. 마치 손에 쥔 채 녹아버린 초콜릿처럼.

- 김소영, 《어린이라는 세계》, pp. 178~179, 사계절, 2020

다하야, 내가 너에게 "엄마 배 속에 있을 때 기억나?"라고 물으면 넌 항상 "응!"이라 답하지. "나, 다 기억해!"라고. "그때 참 재밌었는데" 하고. 정말이니? 그렇다면 너는 내게 거짓말을 하는 걸까? 그때 너에게 그 어떤 사랑도 주지 못했거든. 바로 그게 내 인생에서 가장 후회하는 일 중 하나야. 널 가졌을 때 아주 작고 사랑스러운 널 맘껏 사랑하지 못한 것. 너를 매일 어루만지고 너에게 세상에 대해 이야기해주지 못한 것. 네가 배 속에서 움직이는 것을 보며 소박하고 행복한 노래를 불러주지 못한 것. 나는 그때 너무 괴로웠거든. 나 스스로도 사랑하지 못했거든. 다른 존재에게 줄 사랑 따윈 없었어. 그게 설령 배 속에 사는 내 아이라 할지라도.

네 생김새는 네 아빠를 빼다 박았는데, 울고 웃을 때 보면 내 얼굴과 많이 겹쳐 보여. 아이는 자신과 가장 많이 대화하는 사람의 표정을 따라 한대. 그래서 그 사람이 쓰는 얼굴 근육을 자연스럽게 따라 쓰게 되고, 표정이 닮아가는 거겠지. 울고, 웃고, 화내고, 행복해하는 너의 모든 감정은 나를 따라오게 될까? 그렇다면 난 좀 무서운데. 특히 짜증내거나 앙앙 우는 네 얼굴에서 내가 정말 많이 보여. 너는 내 슬픔과 분노를 배우게 된 걸까? 모든 부모가 그렇듯 나도 네게 행복과 기쁨만 물려주고 싶은데. 내 표정이 너에게 밝고 즐거운 길만을 열어주면 좋겠는데.

나는 너를 낳고 나서 얼마간 괴로운 날들을 보냈단다. 네 아빠와 반목했고 그게 중심이 되어 나 스스로를 많이 괴롭혔어. 아빠가 나쁜 사람이었냐고? 그렇지 않아. 네 아빠가 좋은 사람이라서 그와 결혼했거든. 단지 그때 우리는 서로가 서로를 몰랐단다. 사랑하는 사이라고 해서 서로가 서로를 전부 다 알 수는 없지. 그 모름으로 인해 우리는 함께해도 언제나 외로워. 그럼에도 불구하고 사랑하는 사람과 살고 싶다면 그 사람이 어떤 걸 견딜 수 없어 하는지, 어떤 것에 대해 분노하는지는 잘 알아두어야 해. 인간의 뇌는 묘하게도 매일 느끼는 즐거움보다 한 번 느끼는 통렬한 슬픔을, 평온하게 유지되는 일상

보다 한 번의 충격적인 사건을 더 오래 기억하게 되거든. 그래서 오랜 시간 누군가와 함께 있으려면 그 사람의 괴로움을 더 잘 살펴주어야 해.

나와 네 아빠는 그 부분에서 한동안 실패했지. 나는 내 품에 매달려 잠에 빠지는 너를 바라보며 소리 없이 많은 밤을 울었어. 어떤 날은 아직 말을 모르는 네 앞에서 너보다 더 아기처럼 엉엉 목 놓아 울기도 했지. 어린 너는 따라 울지도 않고 물끄러미 나를 올려다보곤 했는데, 순결한 네 눈을 보면 그게 왜 그렇게 슬프던지. 내 아픔이 너에게 묻을까 봐, 나는 항상 조마조마했어. 그렇게 괴로운 날들이었는데도 너는 정말 아름다웠고, 네 성장은 매일 너무나 놀라웠지.

너는 네 또래보다 키는 한참 작지만 말은 또래보다 빨랐지. 하고 싶은 걸 다 하고 살라고 이름을 '다하'로 지었는데, 너는 이름에 맞춘 것처럼 하고 싶은 말을 다 하는 아이였어. 나는 모든 이름이 과학이라고 생각하는데, 너를 보면 정말 그렇군, 이름을 정말 잘 지었다 싶어.

나는 '인생의 기본값이 고통'이라고 생각하는 사람이다 보니 마음이 우울하거나 슬퍼지는 경우가 많아. 그런 마음이 괴롭지 않냐고? 음, 괴롭긴 하지만 내 이런 마음은 일종의 '질병'이 아니야. 그건 그저 '상태'와 같은 거란다. 슬프고 우울한 마음의 병을 앓는 것이 아니라 내가 그냥 그런 사람인 거야. 그리고 이런 기질을 가진 사람은 좋은 예술가가 될 가능성도 있단다. 많은 것에 대해 예민하게 반응하는 대신 평범한 일상 속에서 남들이 보지 못하는 어떤 것을 발견해내는 감각이 발달해 있거든. 누군가에겐 그저 스쳐 지나갈 장면이 나에겐 거대한 세계가 된단다.

인생의 모든 것은 옳고 그른 게 없는 것 같아. 어떤 면이 재능과 축복이 되고, 어떤 면이 저주가 되는 것이 아니라 한 가지 면이 축복과 저주를 모두 품고 있는 거지. 나의 슬픔은 나를 저주하는 재능이자 축복이란다. 하지만 이런 내 모습을 네가 닮게 되는 건 또 다른 일이지. 너는 이런 나를 닮은 사람으로 자랄까? 나는 그것을 담담하게 받아들일 수 있을까?

그날도 여느 때와 같이 마음이 어둡고 하늘마저 괴로운 날이었어. 구름이 워낙 많이 끼어서 오후 시간인데도 밤처럼 길이 어두웠지. 너를 태우고 운전을 해서 집으로 가고 있는데 깜깜한 하늘을 보던 네가 나에게 말했지.

"엄마, 오늘은 별이 안 보이네."
"응, 그러네. 구름이 별을 숨겨놨나 봐."
"응. 그런가 봐. 아~ 아니다. 별이 숨었나 보다."
"왜? 별이 울고 싶나?"
"아니, 아니. 별이 '짜잔!' 하고 싶어서."

"짜잔!"을 외치는 너의 얼굴이 너무 귀엽고 사랑스러워서 그 순간 나를 둘러싼 슬픔은 생각도 나질 않았어. 너무 행복하고 놀라웠단다. 별이 숨은 이유는 울고 싶어서가 아니라 "짜잔" 하고 싶어서였구나. 나는 그걸 몰랐어. 울고 싶어서 숨은 게 아니라니. 누군가를 놀래키고 싶고, 그 놀라움으로 행복을 나누고 싶어서였다니. 너와 나는 이렇게나 다른 존재구나. 나는 진심으로 안도했단다.

나는 이제 알았어. 내 배 속에서 네가 재밌었다고 말했던 것은 거짓이 아니었던 거야. 내 배 속에 있던 매 순간, 따뜻한 양수 속을 유영하며 즐거웠던 거지? 너는 목소리로만 만나던 너의 아빠와 너를 기다리는 큰 개 신지와 그리고 너의 거죽이 되어준 나를 사랑하고 있었던 거야. 너의 방식대로.

나만 너를 사랑한다고 생각했어. 그리고 사랑은 슬픔을 너무 많이 품고 있는 말이라 생각했지. 네가 자라는 것을 보면서, 네가 날 사랑하는 것을 보면서 나는 사랑 안에 슬픔 말고도 많은 것이 함께 살고 있다는 걸 깨닫게 된단다. 내가 30년 넘게 살았어도 잘 몰랐던 것. 아니, 실은 어린 나는 알았지만 점점 잃어버렸던 것을 너는 알고 있는지도 몰라.

내 슬픔을 놀라움으로 바꾸는 너. 놀라운 너. 너는 너의 길을 걸어갈 거야. 그 길에는 즐거움과 행복이라는 꽃도 피어 있을 거고, 슬픔과 우울이라는 낙엽도 떨어져 있겠지. 그런데 꽃은 늘 아름답고, 낙엽은 늘 쓸쓸하기만 할까? 너는 꽃을 보며 괜스레 눈물 짓기도 하고 낙엽을 밟으며 '바스락!' 소리에 쿡쿡 웃는 사람으로 클 거야. 너는 나와 달리 "짜잔!"을 외칠 줄 아는 사람이니까. 그렇게 멀리멀리 지치지 말고 가렴. 네가 가는 그 길에 깜짝 놀랄 만큼 행복한 일이 가득하길 바랄게. 다 하야, 언제나 너를 사랑한다.

만지기 좋은 어른이 되고 싶어

∞

좋아요. 알았어요. 나는 다시 한번 심기일전하여 세상에서 가장 멋진 새를 그려보리라, 마음을 먹고 이런 새 저런 새를 그리기 시작했다. 날개가 아주 큰 새, 부리가 날렵한 새, 발톱이 날카로운 새, 종이비행기처럼 생긴 새, 접시처럼 동그란 새……. 그리고 또 그렸다.

새를 그려서 보여줄 때마다 이 어린 친구가 고개를 저었기 때문이었다. 이 새는 독수리 같아요. 이 새는 카나리아 같아요. 앵무새는 싫어요. 공작새는 징그러워요. 등등. 어린 친구 나름 타당한 이유였다. 그렇지만,

슬펐다. 힘들었고. 손도 아팠고.

있잖아요. 아까 말했던 좋아한다던 그 새를 대신 그려주면 안 될까요? 저는 세상에서 제일 멋진 새를 모르겠어요.

결국 솔직하게 말할 수밖에 없었다. 어른 친구가 한숨을 아주 작게 쉬었다. 하지만 서점이 조용해서 내 귀에는 잘 들렸다.

그 새는 싫은데.
어차피 못 기르는데.

대꾸할 말을 찾지 못했다. 정적이 이어졌다. 이 어린 친구는 그 새만을 원하는 걸까? 아니면, 그 새를 포기할 수 있는 다른 새를 원하는 걸까? 가장 멋진 새는 무엇을 위한 새인 걸까?
즉흥적으로, 어린 친구를 향해 펜을 내밀었다.
그러면요. 이걸로 혹시 그 새가 사는 둥지를 그려보면 어때요?

어린 친구는 조금 망설이다가 펜을 받아 들었다. 의자에 앉지도 않고 테이블에 양 팔꿈치를 올린 채, 신중하게 하나씩 선을 이어 둥지를 그렸다. 나는 어린 친구의 손끝에서 둥지라고 하는 무엇인가가 조금씩 나타나는 걸 보며 말했다.

둥지를 만들어놓으면 새가 없어도 있는 것 같잖아요. 그 쵸. 맞죠.

- 김복희, 〈세상에서 가장 멋진 새〉, 《어린이의 마음으로》 pp. 92~94, 아침달, 2022

아이가 나에게 자주 하는 말 중 하나. "어른들은 그거 할 수 있어?" 많은 경우 나의 대답은 "그럼, 당연하지. 어른이 되면 할 수 있어"다. 이 세상에는 어른은 할 수 있는데 아이는 할 수 없는 일이 많다. 그런 일들은 주로 아이가 하기에는 너무 위험하거나 힘든 일이기 때문이다.

그렇다면 어른은 위험한 일, 어려운 일을 무엇이든 척척 해내는 사람인 걸까. 하지만 어른이 된 후에도 어려운 일은 늘 존재해왔다. 어른도 하기 힘든 일은 얼마든지 있다. 어떤 일 앞에서 막막해질 때, 반드시 해야만 하는 일임에도 그 일을 하기가 너무 두려워 바닥에 주저앉아 아이처럼 울고 싶어질 때, 내 옆에 이 일을 도와줄 '어른'이 있었으면 좋겠다고 생각한다. 아니, 더 솔직히 말하자면 너무 필요하다. 나의 '어른'이.

아이였던 시절부터 지금까지 하기 힘든 일을 해야만 했던 때를 떠올려본다. 그때마다 눈물이 그렁그렁한 얼굴로 주위를 둘러보았으나 내 옆에는 어른이 없었다. 한참을 두려움에 짓눌려 울다가, 울다가 무심한 시간이 흐르면 퉁퉁 부은 눈으로 그 일을 시작하곤 했다. 그렇게 아이는 어른이 되었다.

혹자는 두려움을 이겨내고 일을 해낸 성취감이 어른을 만드는 거라고 말할 수도 있다. 어른이 된다는 것은 어떤 두려움을 넘어서야 하는 것임은 분명하다. 그러나 두려움은, 공포는, 익숙해지고 친숙해지기 매우 어렵다. 그저 자신의 행동에 대한 책임을 져야 하는 것이 오롯이 나라는 것을 깨달은 자이기에 울면서 그 일을 수행할 뿐이다. 그렇게 어른이 된 나는 자주 외로웠다.

혼자서는 도저히 감당이 되지 않는 일을 하게 될 때 아이는 나를 부른다. "엄마! 이것 좀 도와줘"라고 말한다. 내가 별 힘들이지 않고 그의 두려움을 덜어내거나 치워버릴 때 아이는 내 옆에 딱 붙어 있다. 호기심과 두려움에 눈을 동그랗게 뜨고 내 허벅지나 팔을 조물거리면서.

아이가 나를 꽉 잡거나 조심스레 만지고 있는 것이 느껴지면 이상하게도 가슴에 자부심이 차오른다. 나보다 약하고 작은 존재의 두려움과 공포를 없애주는 행위가 나의 외로움, 나의 두려움까지 저 멀리 치워버리는 것이다. 누군가를 '위해' 어떤 일을 해본 사람이라면 알 것이다. 누군가를 위해 하는 일에는 그렇게 깜짝 선물 같은 포상이 숨겨져 있다. 일을 해치우고 나면 내 팔에 안긴 아이가 말한다. "엄마, 진짜 최고다!" 그 순간 나는 정말 최고가 되는 것만 같다.

그렇다고 아이들이 아무에게나 도움을 청하는 것은 아니다. 아이에게 도움을 줄 수 있는 어른이 되려면 그에 걸맞은 자격이 있어야 한다. 바로 '만지기 좋은 어른'일 것. 그냥 어른은 시간의 흐름에 따라 아무나 될 수 있다. 나이를 먹으면 어른이 되니까. 하지만 아이에게 도움을 줄 수 있는 어른은 아무나 되는 게 아니다. 그 아이가 나를 만질 수 있어야 한다. 나에게 안기거나 내 팔에 매달리거나 내 등 뒤로 작은 몸을 숨기고 싶어 해야 한다.

아이를 키우면서 알게 되었다. 스킨십이라는 말이 괜히 있는 게 아니구나. 반드시 피부와 피부가 닿아야만 발생하는 감정이 있는 거구나. 나를 만질 수 있는 아이는, 나를 믿을 수 있다. 나는 그 믿음으로써 세상에서 '최고'로 멋있는 어른이 될 수 있다. 그렇다면 나는 어떻게 아이에게 만지기 좋은 어른으로 자리매김한 걸까?

내가 아이를 낳은 사람이라서? 함께 살고 있는 사람이라서? 함께 살고 있고, 나를 만들고 낳았지만 그 사람을 만진다는 생각만으로도 어색한 경우도 많다. 반대로 함께 살지도 않고 피 한 방울도 섞이지 않은 사이지만 쉽게 만질 수 있는 사람도 있다. 왜 그 사람을 만지는 것이 가능한가? 그건 그 사람과 함께 있을 때 자주 웃었기 때문이다.

어른과 아이 사이에는 시간이라는 큰 벽이 있다. 아이부터 출발해 어른이 된 시간. 그건 그 자체로 존중받아야 하는 것임은 분명하다. 그런데 웃음이라는 건 매우 신기하게도 시간이라는 벽을 말랑말랑하게 만드는 재주가 있다. 마주 보고 웃는다는 것, 어떤 유머를 공유한다는 것은 만지기 좋은 상태가 된다는 것이다. 유머 속에서 아이와 어른, 어른과 아이는 살아온 세월과 관계없이 더없이 좋은 친구가 된다.

내게는 만지기 좋은 어른이 없었다. 얼굴을 마주하고 함께 웃을 수 있는 어른이 없었다. 내 주위의 어른들은 늘 경직되어 있었고, 웃는 얼굴을 보기 힘들었다. 사는 게 퍽퍽했으니까. 한바탕 웃을 일 따위 일어나지 않는 삶이었으니까. 그렇기 때문에 나는 남들보다 더 빨리 어른이 되었다.

뭐든지 과하면 탈이 나기 마련이고 시간 역시 빨리, 많이 흐른다고 해서 좋을 건 없다는 걸, 이제는 안다. 아이는 아이답게 모르고, 실수하고, 두려워해야 한다. 아이는 눈앞에 닥친 일이 너무도 어려워서 절절매고, 울기도 해야 한다. 그러다 만질 수 있는, 믿을 수 있는 어른에게 도움을 청해본 아이라면 훗날 다른 아이에게 적절한 도움을 줄 수 있는 어른으로 자랄 수 있다.

나는 아이에게 만지기 쉬운, 만지기 좋은 어른이고 싶다. 아이가 얼마든지 나를 만지고 나에게 매달리면 좋겠다. 요즘은 그런 생각이 든다. 함께 웃을 수 있는 날이 생각보다 짧겠지. 몇 년만 지나도 아이가 웃는 순간과 내 웃음의 순간이 조금씩 엇나갈 거다. 그러니 내가 더 노력해야 한다. 함께 마주 보며 웃기 위해, 우리 사이의 시간을 조금 더 말랑하게 만들기 위해.

　품이 넓은 사람이라는 말이 있다. 그릇이 크고 품이 넓어 아이의 모든 면을 담을 수 있는 어른이 되면 좋겠지만, 내 깜냥으론 어려울지도 모른다. 그러니 난 그저 잘 웃는 어른이 되기로 마음먹었다. 물론 삶은 녹록지 않고, 인생은 고통이 디폴트지만, 유머는 벽을 말랑하게 만드는 재능이 있으니까. 내 도움이 필요한 아이를 위해 와하하하, 웃기로. 서로 얼굴을 마주 보며 팔을 때리고 어깨를 그러잡으며 깔깔 웃을 수 있는 어른이 되기로.

딸이 살아갈 세상

◎◎

13.

내 몸과 같이 사랑할 이웃에
나는 없었고 여전히 없지만

그다음 그다음의 다음까지 먼저 빌고 싶어지면
빈 기쁨들에 대해 적는다
그 순간을 믿는다

서울에서 산다는 것에 대해 생각해. 아니. 서울에서 살
아간다는 것에 대해 생각해. 아니. 서울에서 죽지 않는
다는 것에 대해 생각해. 아니. 서울에서 여자로 산다는

것에 대해 생각해. 아니 서울에서 여자로 살아간다는 것에 대해 생각해. 아니. 서울에서 여자로 죽지 않는다는 것에 대해 생각해. 서울에서 나고 자라 죽음까지 바라는 건 어딘가 무섭지 않냐면서.

14.
안미츠 씨는 자신의 소중한 사람들이
모두 무사히 늙기를 바란다고 말한다

(중략)

소중하고 귀한
나의 친구
우리는 또 살아가자
이 소름 끼치도록 이상한 세상을 정면으로 마주하자

사납게 또한 꼿꼿한 자세를 하고

- 박규현, 〈부록: 안미츠와 성실하고 배고픈 친구들〉, 《모든 나는 사랑받는다》, pp. 64~67, 아침달, 2022

나는 '음주가무'가 좋다. 노래하고 춤추는 건 아주 어린 시절부터 좋아했고(잘한다고는 하지 않았다), 성인이 되어 합법적으로 음주가 가능해지면서는 가무에 음주까지 결합해 그야말로 풍류를 즐길 줄 아는 어른의 대열에 합류하게 되었다. 그리하여 20대 초반 몇 년 동안에는 음주가무를 할 수 있는 공간이라면 그곳이 어디든 내 안의 풍류를 풀어놓곤 했다. 지금이야 음악에 맞춰 엉덩이를 썰룩이는 아이의 재롱에 흐뭇하게 미소를 짓고 있는 자애로운 어머니상을 연출하지만. 누구나 사는 동안 한 번쯤 왁자지껄 놀아 재끼는 시기가 있는 거 아닐까? 춤을 추는 아이를 지켜보다가 옆에 앉은 친구와 자연스럽게 '라떼 토크'를 하게 되었다.

"기억나? 나이트클럽 끝날 때까지 놀면 '이제는 우리가 헤어져야 할 시간~' 이런 노래 나왔잖아. 그 노래까지 듣고 밖으로 나가면 날 밝아 있고."

"맞아. 부킹도 하고~ 클럽에서는 부비부비도 하고~ 그렇게 놀다 보면 별의별 사람을 다 만났는데 말이야."

"맞아. 지금 생각해보면 정말 겁도 없었어. 진짜!"

내가 소위 '젊은이'이던 때는 바야흐로 2000년대 후반. 그때는 지금처럼 SNS가 발달하지 않았다. 길거리나 나이트클럽에서 소위 '헌팅'으로 만난 사람과 연락을 주고받다가도 서로가 알고 있는 건 전화번호뿐이었으므로 인연이 끝나면 그것으로 그만이었다. 물론 그런 쿨한 관계를 표방하는 젊은 만남 중에도 공포스러운 일들은 종종 일어났다. 함께 춤을 추며 놀다가도 술자리에 가지 않겠다고 하면 폭력적으로 구는 사람, 만나고 싶지 않다는 의사 표현을 했음에도 끊임없이 문자를 보내오는 사람, 끈질기게 추적해 알게 된 거주지로 자꾸 찾아오는 사람…… 당시에는 스토킹 처벌법뿐만 아니라 '스토커'라는 말 자체도 없었다. 그런 사람에게 '잘못 걸리면' 그저 몇 날 며칠을 피해 다니거나 친구에게 부탁해 남자친구 행세를 해달라고 하는 등 궁핍한 자구책을 쓸 수밖에 없었다.

몇 년이 흐르고 '스토커'라는 이름이 생겼다. 이후 좀 더 시간이 흘러 '스토킹 처벌법'이 생겼다. 그렇게 되고 나서야 '그때 내가 경험했던 것이 스토킹이었구나!' 알게 되었다. 이렇기 때문에 모든 것에 이름을 붙이는 것, 그것을 정의하는 말이 탄생하는 게 중요하다. 그 말이 탄생한 순간부터 거기에 책임을 부여할 수 있고, 관심을 가질 수 있게 되니까.

하지만 한편으로는 그런 언어가 탄생하는 것이 슬프고 안타깝다. 무언가 이름이 생긴다는 것은 사람들이 그것에 대해 자꾸 부를 때, 그것을 지칭할 말이 기어이 필요할 때다. 너무나 많은 스토킹이, 교제 폭력이, 교제 살인이, 사이버 성범죄가 있었기에 끝내 그 말들이 생겨났다. 특히 사이버 성범죄는 이제 30대 중반인 나의 빈약한 상상력을 넘어서는 사건들로 점철되어 있었다.

지난 2020년, 나는 잠들지 못하는 아이를 등에 업은 채로 n번방 사건 관련 기사를 읽었다. 기사는 최대한 건조한 어조로 사실을 전달하고 있는데도 나는 그 잔인함과 가학성에 손이 덜덜 떨렸다. 한참을 울며 기사를 읽고 나면 몸이 욱신거렸다. 시대가 변하고 있고, 그에 따라 범죄 역시 진화하고 있다. 그럼에도 대한민국의 법은 아직 제자리이고, 피해를 받는 쪽은 언제나 약하고 힘이 없는 존재들이라는 것, 그것만은 변하지 않았다는 게 너무나 비참하게 느껴졌다.

"딸 키우는 부모의 입장"이라는 말이 있다. 요즘에는 이 말조차 무색한 것 같다. 어린이는 약하고, 약한 자들은 어떤 형태로든 범죄자의 타깃이 된다. 남의 고통에 무감한 자들은 성별을 가리지 않고 존재한다. 그러나, 그럼에도, 분명 나와 남동생이 자랄 때도 숱한 성희롱과 추행을 당했던 것은 내 쪽이었다. 현재도 공중화장실에 갈 때 불법 촬영을 걱정하는 사람은 남편이 아닌 나다.

딸애가 기저귀를 떼고 화장실을 이용하게 되면서부터 아이는 공중화장실 문에 어째서 경찰 캐릭터가 그려져 있는지, 저 경찰 친구가 무엇을 말하고 있는지 물어왔다. 처음에 아이가 그 질문을 했을 때, 아찔했다. 다섯 살짜리에게 이것을 어떻게 설명해줘야 할까. 누군가 우리가 화장실 사용하는 장면을 촬영할 수도 있고, 그것을 저지하기 위해 붙어 있는 그림이라고 말한다면, 아이는 내 말뜻을 이해할 수 있을까?

누가, 왜, 화장실 사용하는 장면을 찍는단 말인가? 도대체 어디에 쓰려고? 아이만큼이나 나도 혼란스럽다. 나 역시 왜 화장실에 불법 촬영 카메라가 설치되는지 정확히 이해할 수가 없다. 그들은 무엇을 원하는 걸까. 모두가 다 마스크를 쓰고 다녔던 시기, 공중화장실을 이용할 때 작은 안도를 하곤 했다. 마스크는 호흡을 답답하게도 하지만, 바이러스로부터 나를 지킬 수도, 심지어 나의 신원을 보호할 수도 있는 것 아닌가? 이 모든 것이 예민하고 또 예민한 나의 기우인 걸까?

우리는 모두 저 구멍을 두려워하고 있다. 손톱보다도 작은 저 구멍이 누군가의 삶을 송두리째 부수어버릴 수 있다는 것을 우리는 알고 있다. 나는 아이에게 "공중화장실에 들어갔는데 의심스러운 구멍이 있다면 휴지 등을 이용해서 메워야 해" "너무 늦은 시간까지 돌아다니지 마" "노출이 심한 옷은 지양해야 해" 같은 말을 하고 싶지 않다. 누구나 자기가 원하는 옷을 입을 수 있다. 누구나 원하는 형태의 풍류를 즐길 권리가 있다. 그것이 지탄받아서는 안 된다. 범죄를 행하는 자들이 처벌받아야 할 일이다. 성숙하고 건강한 사회는 '피해자다움'을 말하지 않는다. 범죄를 예방하기 위해 피해자를 교육하는 것이 아니라 가해자를 강력히 처벌하는 것이 우선되어야 할 것이다.

음주가무를 좋아하는 내 이야기에서 시작해 너무 멀리 온 게 아닐까 싶다. 혹자는 비약이 너무 심한 거 아니냐, 실제로 당해보지도 않은 범죄에 대해 너무 생각이 많다, 네 앞가림이나 잘해라, 너는 얼마나 준법 시민이냐, 하고 질타할 수 있을 것이다. 그러나 나의, 우리의 아이들이 안전한 세상에서 즐거운 인생을 살아가게 하려면 한 번쯤은 이런 비약을 해보면 어떨까. 그 비약 속에서 나는 우리 아이에게, 또는 내 이웃의 아이에게 어떤 어른이 될 수 있을지를 모두가 단 한 번만이라도 생각해보기를 간곡히 바라본다.

다정이라는 병,
기억이라는 고통의 방

다정한 사람이 좋다. 상대방의 감정을 잘 살필 줄 알고 작은
고마움을 표현할 줄 아는 사람이 좋다. 요새 유행하는 MBTI
유형으로 보자면 F형 인간. 공감을 잘하고 감정의 흐름을 읽
을 줄 아는 사람과 함께한다면, 생각만으로도 마음이 편해진
다. 그래서였을까. 최다정 작가의 《한자 줍기》라는 책을 펼치
게 된 연유는 아마도 책 표지에 몽글몽글, 동글동글 귀엽게 디
자인된 '다정다감'이라는 한자 때문이었는지도 모르겠다.

요즘 초등학교 교과에도 한자가 있는지는 모르겠지만, 내
가 초등학교를 다닐 때만 해도 한자 수업이 정규 교육과정에
포함되어 있었다. 그리고 나는 한자를 꽤 좋아하는 어린이였

다. 어린 내가 보기에 한자는 마치 그림을 그리는 것 같아서, 이해가 어려운 수학이나 과학보다 훨씬 더 재밌게 공부할 수 있었다. 그 덕에 어휘력이 많이 늘었다. 우리말에는 한자어가 많고 한자는 상형문자라서 그 문자가 만들어진 원리, 즉 그림을 유추해보면 어려워 보이는 단어도 어느 정도 깨우칠 수 있었다. 한자는 우리말 속에 숨겨진 비밀 열쇠 같은 거였다. 어린이로서는 어렵게 느껴질 수 있는 우리말 어휘들을 한자라는 열쇠를 통해 풀어낼 수 있었다.

다 커서 일본어를 본격적으로 공부하기 시작했을 때도 한자를 많이 안다는 것은 유리한 위치를 선점하는 것이었다. 여러모로 한자와 친한 편이다. 그래서 《한자 줍기》를 처음 보았을 때 자연스럽게 끌렸던 것 같다. 책의 내용은 매우 흥미로웠다. 한자에 대한 책이라니, 게다가 젊은 한자학자의 에세이라니. 젊은 한자학자는 어떤 글을 쓸까. 흥미진진한 마음으로 책을 읽어가다, 문득 페이지 넘기는 손을 멈출 수밖에 없었다.

∞

다정이라는 이름을 좋아하지만, 그만큼 다정으로 살아

가는 게 자주 버겁기도 한 이유다. 주변에 다정한 다정이가 되어주고 나면, 정작 나에겐 다정하지 못할 때가 많다. 다정도 병인 양하여 잠 못 드는 날도 아주 많다. 둘러싼 세계가 오점 없이 굴러가기만을 바라는 사이 나의 무사함은 제일 먼저 잊힌다. 낮의 다정함이 밤의 불안과 불면을 낳는다.

다정이 병이 되는 이유는 대체로 지나친 기억력 탓이다. 지금뿐만 아니라 지나간 일들까지 곱씹어 마음을 쓰다 보니, 잊어야 할 것이 잊히지 않고 영원히 박제되어버린다. 과거의 장면 속 작은 조각을 소환해내서 사람들을 놀라게 하기도 한다. 친구들은 우리의 기억 저장소인 나를 '다정 박물관'이라고 부른다. 그러나 박물관은 괴롭다. 자려고 누우면 기억의 주름 사이사이 전시된 채 숨죽이고 있던 시간들이 제각각 손을 흔들며 튀어나온다. 저들끼리 뒤엉켜 엉망이 되기도 하고, 끝없이 부풀어지기도 한다. (중략)

어리둥절함에 꽤 무뎌진 요즘은, 다정에 약이 간절해지면 혼자의 여행지에서 다정을 벗은 시간을 보내고 돌아온다. 아무도 나를 모르는 방으로 숨어 들어가 한자字典 자전을 펼친 뒤, 질척거리고 물렁물렁한 다정과는 최대한 거리가 먼 글자를 탐색한다. 나에게 홀가분하고 단단한 새 이름을 지어주기 위함이다. 내 이름은 완전히 새로운 미래를 꿈꾸며 '쁘羅리라'이기도 했고, 쇠처럼 단련하는 삶이길 바라며 '錬연'이기도 했고, 향기가 나는 가벼운 구름이 되길 바라며 '香雲향운'이기도 했다. 인연이 닿은 글자를 골라 이름으로 삼으면, 짧고 긴 여행 동안 그 이름으로 나를 불러주었다. 언제든 낯선 방에서 새 이름이 될 수 있다고 생각하면 다정이로 살아가는 날들에 좀 더 단호해질 수 있을 것 같았다. 그동안 지어온 새 이름들을 적어둔 공책은 내가 만든 약국이다.

- 최다정, 《한자 줍기》, pp. 120~122, 아침달, 2023

나 역시 최다정 작가만큼이나 다정이 병이며 기억은 고통의 방이라고 생각한다. 남의 고통을 잘 기억하는 사람, 그래서 상대방의 아픔을 미리 살펴주는 사람. 그런 사람들은 세상의 차가움을 견디질 못한다. 다정한 사람들이 느끼기에 이곳은 너무 춥다.《행복한 왕자》에 나오는 왕자처럼, 그의 다정을 대신 행해준 제비처럼. 그들은 너무 다정해서, 먼저 떠나버렸다. 그래서일까. 주위에서 아주 상냥하고 다정한 사람을 발견하면 그 사람의 정신건강이 가장 먼저 걱정된다. 자신을 돌보는 데는 미숙한 사람들이 주위 사람들을 돌보는 데는 엄청난 재능을 가진 것처럼 보일 때가 있다는 걸, 누구보다 잘 알고 있기 때문이다.

'다정'에 대해 오래 고민하다, 어느 날 나를 늘 살펴주는 친한 후배와 나눴던 이야기를 시로 옮긴 적이 있다(〈다정한 사람이 되려고〉). 우리 둘은 한 뮤지션을 좋아했다. 그가 세상을 떠난 후 우리는 동시에 걷잡을 수 없는 충격에 휩싸였다. 당시에 나는 만삭이었다. 곧 출산을 앞두고 있는 나에게 세상을 떠난 사람 이야기를 너무 길게 하는 건 예의가 아니라 생각했을까, 후배는 나를 위해 다른 화제로 이야기를 전환했다. 그는 당시 정신과 약을 먹으며 스스로를 다잡기 위해 노력하는 나날을 보내고 있었다. 나를 배려하는 그의 마음 씀씀이를 보면서 감사함과 동시에 깊은 슬픔을 느꼈다.

다정하다는 건, 어쩌면 이 거친 세상을 살아가기에 좋은 자질이 아닐지도 모르겠다. 아니, 다정함은 '효율적인 무기'가 되지 못한다. 그도 그럴 것이 다정함이 과연 어떤 '무기'가 될 수 있을까. 그것으론 남을 찌를 수 없다. 오히려 "쟤는 웬만하면 부탁을 들어주더라고" "남에게 싫은 소리는 절대 못하는 사람이야"와 같은 평가를 받기 십상이다. 이런 평가에 한번 낙인찍히면 주위 사람들에게 일명 '호구' 취급을 받는다. 게다가 이렇게 다정한 사람들을 귀신같이 알아보고 이용하려는 자들 역시 도처에 있다. 다정한 것과 순진한 것은 같은 말인 걸까? 다정한 사람은 '쉬운 사람'인 걸까?

그러나 아무리 고쳐 생각하려 해도 나는 다정함이 좋다. 남을 배려하고 상대방의 기분을 먼저 생각해주는 것이 선의의 행위라고 느낀다. 다정은 병이 맞지만, 병과 함께 살아가는 사람도 있지 않은가. 이 문제에 대해 오래 고민하던 중 한 가지 사실을 깨달았다. 내가 가진 다정이 한 번도 나를 향하지 않았다는 것. 나는 그 수많은 사람에게 친절했으나 정작 나에게는 친절하지 않았다. 엄격하고 모진 잣대로 나를 대했다. 나는 나를 한 번도 배려하거나 쓰다듬어주지 않았다. 다른 이에게 베푼 친절이 아까운 것이 아니라 나 자신에게 인색했음이 안타까웠다. 방향만 바꾸면 되는 것이었는데, 이렇게 간단한 것을 모르고 오래 괴로웠다.

아이가 화가 날 때, 나에게 버럭 소리를 지르거나 나쁜 말을 하는 경우가 있다. 한 차례 감정의 폭풍이 지나가고 소강 상태가 되면 아이와 함께 이야기를 나눈다.

"화가 났다고 앞에 있는 사람에게 마구 소리를 지르거나 때리면 안 돼. 다른 사람이 다하에게 그렇게 하면 어떻겠어? 기분 나쁘겠지?"

"······응."

"다하는 엄마가 다하에게 친절하게 말하는 게 좋지?"

"응."

"내가 상냥한 게 좋으면 상대도 그런 거야. 내가 받고 싶은 대우를 남에게도 해주는 거야. 엄마는 다하에게 다정하게 대해주고 싶어. 우리 서로가 다정하면 좋겠거든."

"…… 알았어. 아까 전엔 미안했어 엄마. 이젠 상냥하게 말할게."

물론 이런 패턴의 대화는 반복된다. 마음 역시 반복 연습해야 하는 것이니까. 무조건 남에게 다정하라고 말하고 싶진 않다. 다만 내게 친절했으면 하는 사람에게는 친절할 수 있어야한다고, 나에게서 출발한 다정함이 결국 내게 돌아오는 것이라는 걸 알려주고 싶다.

누가 뭐래도 나는 다정한 사람이다. 남에게 싫은 소리를 잘 못하고, 손해보는 일이 많은 사람이다. 호구 취급받는 날도 왕왕 있다. 남에게 다정하려다 내 몫의 일이 아닌 걸 받아들이고 "이건 거절했어야 하는 일이데……" 하고 중얼거리는 날도 많다. 하지만 나는 언제까지나 다정하고 싶다. 나 스스로에게도 당신에게도. 나의 다정함이 어느 날 당신을 구하고, 그래서다시 당신이 나를 구해주기를 간절히 소원한다.

초식동물의 취향이란

'개취 존중'이라는 말이 있다. '개인의 취향을 존중한다'를 줄인 말로, 개인이 좋아하는 기호에 대해서 그것이 무엇이든 색안경을 끼고 바라보지 않겠다는 의미까지 포함하는 말이다. 어떤 상황에서 많이 쓰이냐면, 조금 마니악한 취향을 가진 사람이 자신이 좋아하는 것을 입 밖으로 내뱉었을 때, 그 말을 들은 상대방이 약간 놀란다. 하지만 이내 놀랐던 표정을 짐짓 쿨한 얼굴로 바꾸며 "아, 개취 존중이지"라고 말하는 장면을 생각해보면 된다.

취향이라는 건 뭘까. 취향이 아주 확고한 사람들은 입는 것도, 먹는 것도, 사는 공간마저도 그 사람만의 특색이 있다. 취향은 모여서 하나의 흐름, '결'이 되고 그것이 한 사람의 '캐릭터'를 만들어낸다. 특히 취향은 소비와 직접적으로 연결되어 있다. 쇼핑을 하다 어떤 물건을 보고 문득 '아, 이 모자는 K가 좋아할 것 같다' '이 그릇은 B 씨 취향이네' 하는 생각이 들 때가 있다. 그런 생각에 이끌려 그 물건을 선물했을 때, "너무 고마워! 딱 내 취향이네?"라는 말을 들으면 마치 퀴즈의 답을 맞힌 듯 짜릿한 쾌감이 느껴진다. 반면 누군가가 나에게 건넨 선물을 받아들고 '아…… 얘는 내 취향을 정말 모르는구나……' 하는 생각이 들 때면, 그 사람이 나에게 별 관심이 없다는 느낌이라 울적해진다.

누군가의 취향을 알게 된다는 건, 그 사람에 대해 이해도가 높아진다는 것을 의미한다. 당신이 어떤 것에 지갑을 여는지, 어떤 것을 먹으면 기쁜 표정이 되는지, 그걸 내가 알고 있을 때 '내가 당신을 좋아하고 있구나' 깨닫는다.

최근 '취향'이라는 단어에 대해 자주 생각한다. 특히 나의 취향에 대해서. 나로 태어나서 나라는 사람으로 서른일곱 해를 살았지만 내가 무엇을 좋아하는지, 내 취향이 무엇인지 정확히 모르겠다. 나는 특별한 취향이 없는 사람인 걸까?

취향은 이것과 저것 사이에서 내 마음이 가는 쪽으로 기우는 것, 즉 한 가지를 선택하게 하는 힘이다. 취향은 욕망과 이란성 쌍둥이다. 둘은 서로 긴밀하게 연결되어 있다. 그러니까…… 나는 내가 무엇을 욕망하는지 잘 모르겠다. '나의 욕구'를 모른다는 건 '나'를 모른다는 말이 아닌가. 지금까지는 그랬다. 나는 나를 잘 몰랐다. 주위 사람들이 하자는 대로, 먹자는 대로, 가자는 대로 했다. 그들이 사라는 것을 샀고, 그들이 가리키는 방향을 봤고, 그들이 원하는 삶이 내가 원하는 바로 그것이라 생각했다. 나는 왜 그런 선택을 해왔던 걸까?

내가 나의 욕망이나 취향을 끝까지 주장하면 상대방의 기분이 상할까? 내가 욕망하는 것을 주위 사람들의 기분을 상하게 하면서까지 얻어야만 하는가? 정말 그게 그렇게 간절한가? 자신의 취향만을 고수하는 건 민폐가 아닌가? 너무 자기중심적이지 않은가? 자기중심적인 사람들이 너무 싫다. 그런 사람들은 나를 배려하지 않고 자기가 원하는 것만을 주장하니까. 내 기분이나 상황은 고려하지도, 아니 염두에 두지도 않으니까. 그들은 스스로가 갖고자 하는 것에 대해서만큼은 폭군처럼 구니까. 누군가 나를 그런 폭군처럼 볼까 봐, 그 폭군의 행동이 내게 폭력으로 발현될까 봐, 무서웠다.

자기 취향이 확고한 사람들, 자기중심적인 사람들 곁에 있으면 마음이 편하지 않았다. 도망가고 싶었다. 그래서 다정하고, 남에게 배려심이 있고, 따뜻하고, 순한 사람들 틈으로 숨었다. 이런 사람들 곁에서라면 안전할 수 있지. 나에겐 욕망보다 안전이 최우선이야. 허허벌판에 홀로 떨어진 초식동물 같은 마음이었다. 포식자의 먹이가 되는 동물은 생의 여유를 즐길 수 없다. 다양한 감각을 자극하는 식사를 즐기거나 충분한 사랑을 나눌 수 없다. 오로지 안전만을 위해 몸을 숨기고 빠르게 다음 스텝으로 내달을 뿐.

세렝게티의 가젤 같던 내가 지친 몸과 마음을 쉴 만한 풀숲을 찾게 된 건 그리 오래되지 않았다. 나에게 안전한 풀숲을 만들어준 건 아이러니하게도 나에게 고통을 준 존재들과 그들로 인해 나를 성장시킨 아픔들이다. 10년 동안 지지고 볶으며 나에게 가장 큰 사랑과 아픔, 슬픔을 주기도 했던 남편. 그와 함께 경험했던 일들로 인해 나는 강해졌고, 그 과정을 통해 비로소 이 세상에서 가장 중요한 건 나 자신이라는 걸 알게 되었다. 그리고 배 아파 낳은 다하와 가슴으로 낳은 신지. 끊임없이 돌봄 노동을 제공해도 내 뜻대로 되지 않는 두 존재를 보며 나의 한계와 재능을 확실히 인식할 수 있었다. 그리고 나에게 아픔을 주었던 사람들과 사건들은 내가 무엇을 혐오하는지, 무엇을 해선 안 되는지, 그것을 어떻게 피해야 하는지 뼈저리게 알게 하는 시간으로 작용했다.

아프지 않아도 알게 되면 좋으련만, 미련한 자는 무엇이든 경험을 해봐야 한다. 데이고, 찢기고, 파여서 몸은 흉터투성이다. 그러나 나는 이제 이 흉터들을 사랑할 수 있다. 아니, 적어도 바라볼 수 있다. 흉터를 지닌 것이 다른 무엇도 아닌 나의 몸이므로.

∞

처음 보는 술을 마셔보는 것. 타자기 소리. 깨끗한 안경알. 청국장. 콩국수. 파김치. 겉절이. 들깨수제비. 콩떡. 콩으로 만든 모든 음식. 모든 종류의 콩. 완충된 배터리. 꽃을 보며 듣는 호시노 겐의 〈희극〉. 여름밤에 듣는 스다마사키와 요네즈 켄시의 〈잿빛과 푸름〉. 비가 올 때 듣는 스다 마사키의 〈대화〉. 친구의 차를 타고 다 같이 놀러 갈 때 듣는 비틀스의 〈드라이브 마이 카〉. 자주 가는 가게에서 내가 정말 좋아하는 음악이 나오는 것. 여름날 야외석에서 먹는 술. 플랭크 신기록 세울 때. 플랭크 중에 매트 위로 땀 한 방울이 떨어질 때. 운동의 효과를 실감할 때. 잠이 오기 직전의 순간. 하루 종일 밖에 있다가 집에 들어와서 싹 씻고 침대에 누웠을 때. 산책을 나와 한껏 신난 강아지가 나에게 달려올 때. 퇴근. 이른 퇴근. 생각보다 빠른 퇴근. 책. 카페에서 책 읽기. 연희동 모처의 바. 그곳에서 책 읽기. 침대에서 책 읽기. 책갈피 사기. 책 사기. 1년에 한 번, 생일 선물로 왕창 받는 문화상품권을 내가 책을 구입하는 인터넷 서점에 등록 완료했을 때. 오랜 친구와 아무 말 하지 않고 앉아 있어도 불편하지 않을 때. 어둠. 괴담을 읽을 때의 짜릿함. 긴팔 티셔츠에 반바지를 입는 것. 내가 탄 소맥을 상대방이 극찬할 때. '언니'라는 호칭(을 내가 들을 때). 찾아 헤매던 무언가(멜로디만 아는 노래의 제목, 한 장면만 아는 만화의 제목 등)를 찾아냈을 때.

- 안예은, 《안 일한 하루》, pp. 214~215, 웅진지식하우스, 2022

뮤지션이자 작가인 안예은은 자신의 에세이집 《안 일한 하루》에서 〈내가 좋아하는 것〉이라는 제목을 달고 자신의 취향을 나열한다. 자신 있게 자신의 취향을 나열하는 글을 보았을 때 묘한 쾌감이 있었다. 글 안에서 취향에 대한 확신이 느껴졌기 때문이다. 자신이 무엇을 하는지 알고 정확히 그 행동을 하는 사람들에게서 나오는 특별한 '바이브'. 그것이 갖고 싶다.

취향이 확고한 사람들이 부럽다. 이것과 저것 중에 "나는 당연히 이것이지"라 말할 수 있는 자들, 남들에게 '자기중심적'이라는 말을 들어도 개의치 않는 사람들, 세상에서 가장 중요한 건 "바로 나야"라고 말하는 사람들. 예전의 나라면 그런 사람들 발길에 채이지 않을까, 잡아먹히지 않을까 피해 다니기 급급했겠지만 이제는 다르다. 나 역시 꽤 성장했으니까!

한 인간에게 취향은 중요한 요소다. 자신의 욕망에 대해 얼마나 솔직한가 하는 질문에 답하는 것이 바로 취향이기 때문에. 제주에서 사귄 친구 H와 O는 취향이 확고한 사람들이다.

H와는 동갑이고, 같은 자영업을 하며, 비슷한 나이대의 아이를 키운다는 공통점이 있어 급속도로 친해졌다. 그는 멀리서 보아도 "아, 저기 H 있다"라고 말할 수 있을 정도로 스타일이 확고하다. 재밌는 것은 그의 가족 모두 그의 스타일에 물들어 있다는 거다. 그의 집에 초대받아 갔을 때, 그가 아끼는 가구와 소품에 대해 이야기할 기회가 생겼다. 고가의 가구를 보며 내가 "헉, 너무 비싸! 기능이 똑같은데 왜 이렇게 비싼 걸 사?"라고 물었을 때, 그는 자신이 아끼던 소품을 내게 선물하며 말했다. "취향은 문화 같은 거야. 나는 내 자식에게 이런 문화를 물려주고 싶어."

그때까지 한 번도 생각해본 적 없는 관점이었다. 취향이 곧 문화가 된다는 것, 그것이 내 자식에게도 영향을 끼칠 거라는 것. 생각해보면 그랬다. 아버지와 함께 살면서 아버지가 어디에 돈을 쓰는지, 즉 아버지가 무엇을 중요하게 생각하는지, 그의 소비 패턴에 그대로 노출되면서 자연스럽게 그 행태를 내 것으로 습득했다. 지금 생각하면 반면교사로 삼아야 마땅했지만, 결국 그 부분까지 고스란히 닮는 것이다, 자식이란.

O는 내가 개설한 에세이 쓰기 클래스의 학생으로 만났다.

그의 글을 피드백하다 보니 내밀한 이야기를 주고받을 수밖에 없었다. 글은 쓰는 사람의 욕망 그 자체다. 그렇기에 만난 지 얼마 되지 않았지만 빠른 시간 안에 O의 내면을 소개받게 되었다. O는 자신이 겪는 정신적 어려움과 열망에 대해 쓰면서 "스스로를 공주처럼 모시고 산다"라는 표현을 했다. 그 문장을 보았을 때, 퍼뜩 눈이 떠졌다. 지금껏 나는 나 자신을 몰라도 너무 몰랐는데, 어떤 사람은 스스로를 공주처럼 모시고 있구나. 그러니 내가 모시는 공주님이 잘하는 것, 좋아하는 것, 질색하는 것에 대해 잘 알 수밖에 없겠구나. 스스로에 대한 정보가 많다는 건, 자신과의 싸움에서도 이길 수 있는 길이겠구나.

세상에 싸울 것이 한두 가지가 아니기에 되도록 자신과의 싸움은 하지 않으면 좋겠지만, 그럼에도 어떤 순간 나와 싸워야만 한다면, 반드시 이기고 싶다. 그러려면 내가 나를 잘 알아야 하겠지. 자신의 취향을 잘 안다는 건, 나의 욕망과 취약점을 동시에 알고 있다는 것. 그리하여 나 자신을 잘 구슬릴 수도 있다는 것. 이 험한 세상에서 나는 나를 잘 운전하며 살아야 하니까. 취향은 그만큼이나 살아가는 데 필요한 요소가 아닐까.

  안예은의 글처럼 말하고 싶다. 내가 무엇을 좋아하고, 무엇을 열망하는지. 무엇이 나에게 힘을 주고 나는 그 힘을 어디에 쓰고 싶은지. 나는 지금부터 그걸 알아가는 중이다. 나는 세상에서 내가 가장 궁금하다. 지금껏 모르는 사람처럼 살아왔기에, 소원했던 나와의 관계를 새롭게 다지고 싶다. 여기에 덧붙여 나의 취향 중 아름다운 것이 내 딸에게 흘러갔으면 하고 바라본다. 어머니가 소중하게 간직한 보석을 그 딸에게 물려주고, 또 그 딸이 자신의 딸에게 전해주듯, 내 취향 중 어떤 것은 다하가 보기에도 반짝반짝 빛이 나는 것이기를. 마땅히 소중히 아낄 수 있는 것이기를.

죽음에서부터 시작하는 것

◐◐

사람이 죽었는데 사람을 사랑해도 될까. 밤을 두드린다.
나무 문이 삐걱댔다. 문을 열면 아무도 없다. 가축을 깨
무는 이빨을 자판처럼 박으며 나는 쓰고 있었다. 먹고사
는 것에 대해 이 장례가 끝나면 해야 할 일들에 대해 뼛
가루를 빗자루로 쓸고 있는데 내가 거기서 나왔는데 식
도에 호스를 꽂지 않아 사람이 죽었는데 너와 마주 앉아
밥을 먹어도 될까. 사람은 껍질이 되었다. 헝겊이 되었
다. 연기가 되었다. 비명이 되었다 다시 사람이 되는 비
극. 다시 사람이 되는 것. 다시 사람이어도 될까. 사람이
죽었는데 사람을 생각하지 않아도 될까. 케이크에 초를
꽂아도 될까. 너를 사랑해도 될까. 외로워서 못 살겠다

말하던 그 사람이 죽었는데 안 울어도 될까. 상복을 입고 너의 침대에 엎드려 있을 때 밤을 두드리는 건 내 손톱을 먹고 자란 짐승. 사람이 죽었는데 변기에 앉고 방을 닦으면서 다시 사람이 될까 무서워. 그런 고백을 해도 될까. 사람이 죽었는데 계속 사람이어도 될까. 사람이 어떻게 그럴 수 있어? 라고 묻는 사람이어도 될까. 사람이 죽었는데 사람을 사랑해도 될까. 나무 문을 두드리는 울음을 모른 척해도 될까.

- 손미, 〈사람을 사랑해도 될까〉 전문, 《사람을 사랑해도 될까》,
민음사, 2019

손미 시인의 〈사람을 사랑해도 될까〉에는 죽음의 풍경이 등장한다. '나'는 장례식장에서 누군가의 죽음을 기리고 있다. "빗자루"로 쓸어 담고 있는 "뼛가루"의 주인공이 누구인지 정확하지 않지만, "내가 거기서 나왔"다는 걸 보니 가계도 중에서 '나'의 윗줄에 있는 인물 중 하나이리라. 그 "사람이 죽었는데 안 울어도 될까" "너를 사랑해도 될까" "다시 사람이 될까 무"섭다는 "고백을 해도 될까" 자문하고 있다. 죽음의 한가운데서 새롭게 태어나는 생명과 이를 태어나게 하는 '사랑'을 말할 수 있을까 생각하고 또 생각하는 것이다. 누군가의 죽음을 통해 나의 삶과 죽음을 떠올리는 것. 이거야말로 인간적인 행위가 아닌가.

나는 어릴 때부터 죽음을 자주 생각하는 아이였다. 물리적인 죽음, 심리적인 죽음, 사회적인 죽음. 죽음 이후의 것들보다 죽음 자체에 대해 몰두하는 게 좋았다. 그래서 수많은 전도를 받으면서도 종교를 믿지 않았는지도 모르겠다. 공교롭게도 중고등학교 모두 미션스쿨을 다녔는데 나를 맡은 담임선생님마다 나를 전도하지 못해 안달이었다. 내가 기독교인 친구들보다 성경 공부에 열심이었기 때문이다.

성경은 흥미로운 텍스트였다. 인간이 생각하는 죽음, 아니 '두려워하는' 죽음을 세세하게 상상해두었고, 죽음의 골짜기에서부터 인간을 구원할 존재를 매우 명징하게 설정해두었다. 죽음을 두려워하는 것에서 벗어나면 그 어떤 구원도 필요 없는데, 왜 그렇게까지 죽음을 무서워하는 걸까. 물론 그즈음 나는 지독한 사춘기, 중2병에 단단히 걸려 있었다.

20대 때는 길을 걸어가는데 젊은 남녀 무리가 내게 와서 태블릿 기기로 설문조사를 하나 해줄 수 있겠냐고 했다. 그런 부탁을 쉽게 거절하지 못하는 편이라 그러마 했는데, 역시는 역시. 포교 활동이었다. 무슨 종교인지 정확하게 밝히지 않아 알 수는 없었으나(아마도 개신교를 빙자한 이단인 듯했다) '유월절' 이야기를 하길래, 성경 공부를 좋아했던 나는 "당연히 알고 있다"며 자신만만하게 대답했다.

그들은 긴 시간 호흡을 맞춰온 사람들이 으레 그렇듯 내 혼을 쏙 빼놓으며 알 수 없는 이야기를 좀 더 이어가다가 심판의 날이 오면 우리 모두가 원치 않는 죽음을 맞게 된다고 했다. 그리고 죽음이 두렵지 않냐고 물었다. 잠시 혼미해졌던 정신 속에서도 나는 '죽음'이라는 말에는 명확하게 반응했다. "죽음이 왜 두려워요? 인간은 누구나 죽는데?"

30대 후반이 된 지금, 나는 여전히 죽음을 생각한다. 예민하면서도 이타적이고 책임감이 강하며 스트레스에 취약한 어른으로 자란 나는 문득 내 삶 속에 찾아오는 죽음 충동에 대해 어찌할 바를 모르고 있다. 고백하자면 나는 심리상담을 받기 전까지 모든 사람이 죽음 충동을 느끼며 살아가는 줄 알았다. 태어나서 한 번도 죽음을 생각해보지 않은 사람은 없을 거야. 자살 사고는 누구나 겪는 일 아닌가? 현대인들에게 죽음 충동이란 만성 질병이 아닐까?

그런데 아니었다. 태어나서 한 번도 죽음에 대해 생각하지 않고도, 사람들은 살아갔다. 영원히 살 것처럼 사람들은 살아가고 있었다. 내가 예민한 걸까, 내가 우울해서 그러는 걸까, 내가 나라서, 나이기 때문에, 나 같은 사람들만이 죽음에 대해 천착하는 걸까. 각각 다른 시간대에서 겪었던 주위 사람들의 죽음 역시 이런 생각에 영향을 주었다. 혈족의 죽음 앞에서는 내가 갖고 태어난 죽음 충동에 대해 오랫동안 골몰했고, 사랑하고 존경했던 아티스트의 죽음 앞에서는 이 세계의 구조와 그로 인한 죽음에 대해 곱씹으며 고통스러웠다. 나는 자꾸 죽은 사람들의 편에 섰다. 그 마음을 알 것 같다고, 알 수 있다고 감히 생각했다.

갈수록 염세적이고 회의적이 되었다. 하지만 누구보다 열심히, 쾌활하게 살았다. "언제나 죽음을 생각하는 것이 오히려 삶에 좋대. 오늘을 후회 없이 살게 해주니까!" 같은 구호를 스스로에게 되뇌며. 그러나 아무것도 확신할 수는 없었다. 인간은 누구나 죽는다는 것만이 확실할 뿐이었다. 아무것도 확신할 수 없으면서, 그런 주제에, 아이를 낳았다.

언젠가 엄마가 내게 말한 적이 있었다. "결혼도 해보고 싶으면 하고, 너무 힘들면 이혼해도 되고, 하고 싶은 거 다 하면서 살아도 돼. 근데 아이는 낳지 마. 자꾸 살고 싶어지거든." 농담처럼 건넨 그 말에서 나는 나를 낳은 여자의 죽음과 삶의 충돌, 삶의 충동과 죽음의 충동을 모두 느끼는 예민하고 민감한 감각을 지녔으면서, 감히, 아이를 낳았다. 엄마 말이 맞았다. 아이를 낳고부터 나는 자꾸 살고 싶어졌다.

살고 싶은 마음과 동시에 아주 쉽게 죽음을 생각하는 내 모습을 볼 때마다 놀랍다. 지금도 마음이 불안하고 스트레스가 극심해지면 나는 주머니에서 무언가를 꺼내듯 손쉽게 죽음을 꺼낸다. 다른 지면에서도 많이 밝힌 바와 같이 임신했을 당시 죽음 충동이 극심했다. 가정의 불화로 인한 우울에서 기인한 충동이었고, 아이를 낳은 후에도 사라지지 않았다.

문득 극도의 불안 상태가 되면 눈이 부실 정도로 아름다운 아이를 옆에 두고도, 그 아이에게 젖을 먹이면서도, 아이의 뽀 얀 발을 문지르면서도 나는 끊임없이 죽음을 생각했다. 내 머 릿속 회로는 '이 모든 걸 극복하고 보란 듯이 잘 살 거야!'가 아니라 '아, 이제 그만하고 싶다' 쪽으로 흐르는 것 같았다. 애 초에 회로 자체가 그렇게 만들어져 있는데 어떻게 극복을 하 고, 긍정적으로 살 수 있을까. 결국 늘 해왔던 것처럼 페르소나 를 하나 설정해두고 다른 이들 앞에서는 그걸 연기하기로 했 다. 착한 딸, 능력 있는 사회인, 싹싹하고 성실한 친구 따위의 가면은 얼마든지 있으니까. 그렇게 스스로의 등을 떠밀었다.

그날은 여름이었던 날씨가 단 몇 시간 만에 가을로 변화한 날이었다. 아이가 가지고 놀던 장난감을 강아지가 뺏어 문 모 양이었다. 내가 못 본 사이에 아이는 강아지를 향해 소리를 지 르며 때리는 행동을 했다고 했다. 방에서 이미 남편이 아이를 훈육하고 있었다. 아이는 흥분이 주체되지 않는지 악을 지르 며 울었다(물론 아이보다 훨씬 몸집이 거대한 우리의 강아지는 이미 진정된 상태로 얌전히 엎드려서 강 건너 불구경하는 중이었다. 쟤 또 저 러네, 하는 표정으로). 아이에게 왜 강아지를 때리면 안 되는지 설명하려 했지만 아이는 나나 남편의 말을 듣지도 않고, 아니 들을 수 없는 상태라는 듯 악을 쓰며 울었다. 울음을 멈출 때까지 기다려주겠다고, 그 후에 이야기를 하자고 하니 "울음을, 멈출 수, 없어!"라며 더 큰 소리로 오래 울었다.

꽤 오랜 시간이 흐르도록 아이는 진정되지 않았다. 겨우 대화를 할 수 있는 상태가 되었을 때도 아이는 장난감을 만지작거리며 자신이 겪고 있는 일, 훈육 자체를 믿을 수 없다는 태도를 보였다. 왜 내 물건을 뺏어간 존재에게 화를 내거나 물리적인 압박을 가하면 안 되는 것인지, 이해하지 못했다.

올라오는 화를 누르며 애써 침착한 목소리로 누군가 다른 사람이 너에게도 똑같이 행동하면 네 기분이 어떻겠냐고 물었더니, "나빠!" 하며 씩씩거렸다. 그러니까 강아지의 기분도 나쁠 수 있다고 설명했더니, "내 기분도 나쁘니까 그러는 거잖아!"라며 다시 울음을 터뜨렸다. 도대체 어떡해야 하지, 하는 심정이 되었다. 그러다 불현듯 얼마 전에 아이가 '귀하다'는 말의 뜻을 물어본 일이 생각났다.

아이는 나에게 "엄마, '귀하다'가 뭐야?" 하고 물었고, 나는

"음, 세상에 하나밖에 없는 거라는 거?! 아주 많이 있는 거 말고 단 하나밖에 없는 거야. 그걸 귀하다고 해" 하고 답해줬다. 그러자 아이는 "아~ 그럼 엄마가 귀한 거구나!" 하고 말해서 찡, 하며 감동했더랬지. 그렇게 설명해주면 되겠다 싶었다.

"이 장난감을 신지가 뺏은 게 그렇게 화가 났어?"

"어! 이건 내 건데! 신지가 자꾸 뭃잖아!"

"다하야, 우리 이 장난감 산 마트에 이거랑 똑같은 거 10개 넘게 있는 거 봤지?"

"응."

"그럼 이 장난감은 언제든 새로 살 수 있잖아."

"응."

"그런데 신지는 몇 개야?"

"……."

"신지는 세상에 하나뿐이잖아. 예전에 엄마가 세상에 하나밖에 없는 게 귀한 거라고 말했지, 기억나?"

"응."

"맞아. 세상에 하나만 있는 건 아주 귀한 거야. 귀한 건 소중하니까 때리거나 아프게 해서는 안 되는 거야."

"……."

"엄마도, 다하도, 아빠도, 신지도 다 세상에 하나밖에 없잖아. 그러니까 귀하고 소중하지. 아주아주 많은 장난감이 더 귀하거나 소중할 순 없어. 그러니까 신지를 귀하게 대해줘야 해. 세상에 하나뿐인 다하를 엄마, 아빠가 귀하게 생각하고 사랑하는 것처럼."

아이에게 말하면서 자꾸 감정이 북받쳤다. 대단한 어른인 것처럼 "세상에서 하나밖에 없는 건 귀하다"고 말하고 있으면서 나는 내 자신을 단 한 번도 귀하다고 생각해본 적이 없었다는 걸 깨달았다.

나는 내가 소중하지 않았다. 내가 귀한 줄 몰랐다. 그토록 오랜 시간을 상처받으면 받는 대로, 힘들면 힘든 대로 방치해두었다. 매번 죽음을 떠올릴 때마다 나는 나의 귀함을 믿지 않았다. 나의 고유함, 나라는 사람은 이 세상에 단 하나라는 것, 그것을 믿을 수가 없었다. 내 역할, 나의 할 일은 다른 누가 대체하면 그만 아닌가. 나는 그저 사회의 부품 중 하나일 뿐. 나 같은 거 하나쯤 세상에서 사라져도 크게 티도 안 나니까. 나는 대체 가능해. 이것이 언젠가부터 내 몸을 꽁꽁 묶어둔 저주였다.

아직도 나는 이 저주에서 완전히 풀려나지 못했다. 그러나 아이에게 '귀하다'를 설명해줄 때, 가슴을 누르고 있던 무언가에 찌직, 하고 금이 가는 걸 느꼈다. 그리고 그걸 지금 다시 글로 쓰면서 그 금이 더욱 깊이 쪼개지는 걸 느낀다. 언젠가는 그 무언가가 완전히 부서지는 날이 오지 않을까. 죽음 충동만큼이나 삶에 대한 확신이 드는 순간이 올까. 잘 모르겠다.

하지만 이 모든 건 내가 죽음을 오래 생각했기 때문에 깨닫게 된 일이기도 하다. 죽음에서부터 시작되는 것이 있는 거다. 잘 생각해보자. 죽음을 오래도록 생각하는 나는 세상에 하나뿐. 거기에서부터 시작해서 여기까지 잘 살아온 나 역시 하나뿐이다. 나는 오로지 하나, 누구도 나를 대체할 수 없다. 믿어보고 싶다. 나에게 부여된 저주를 풀고 싶다. 귀한 나, 나의 귀한 매일, 나의 귀한 죽음, 나의 하나뿐인 귀한 삶을 위해.

나는 여기까지야,
여기서부터 출발해

◎

늘 철쭉이 흔하고 시시한 꽃이라고 생각했습니다. 봄이 와도 철쭉을 대단히 반기는 이는 없지 않나요? 그런데 어느 날 밤 산책을 나갔다가 송이째 떨어져 있는 흰 철쭉을 보았고, 지나가던 자동차의 헤드라이트가 그 꽃을 비추는 순간 그것이 살면서 본 가장 아름다운 흰색이란 걸 깨달았습니다. 빛날 준비가 되어 있어서 거의 스스로 빛나는 것처럼 보이는 그런 흰색요. 그것을 칠십대에야 깨달았으니, 늦어도 엄청 늦은 거지요.

여전히 깨닫지 못한 게 너무 많다는 생각이 듭니다. 어떤 날은 바람 한 줄기만 불어도 태어나길 잘했다 싶고, 어떤 날은 묵은 괴로움 때문에 차라리 태어나지 않았더라면 싶습니다. 그러나 인간만이 그런 고민을 하겠지요. 철쭉은 그런 것 따위 아랑곳하지 않을 겁니다. 오로지 빛에만 집중하는 상태에 있지 않을까, 도무지 짐작할 수 없는 철쭉의 마음을 짐작해봅니다. 바깥의 빛이 있고 안의 빛이 있을 터입니다.

- 정세랑, 《시선으로부터,》, pp. 280~281, 문학동네, 2020

2020년은 나에게 참 힘든 한 해였다. 남편과의 관계가 손쓰기 어려울 정도로 틀어졌고, 경제적으로 어려운 일도 생겼다. 전 세계적으로 코로나 바이러스가 창궐했던 때. 나뿐만 아니라 모두의 마음과 일상이 다친 시기였다. 그로부터 3년이 지난 지금, 시간이 이만큼이나 흘렀다는 사실이 너무 신비롭고 감사하게 느껴진다. 그렇게 어두웠던 2020년이었지만 그래도 좋았던 일 하나를 꼽으라면 《시선으로부터,》가 출간되었다는 것이다. 이 책을 읽는 순간 알았다. 이 따뜻하고 빛나는 이야기를 오래도록 기억하게 되겠구나.

《시선으로부터,》는 아티스트 '심시선'의 자식과 손주들이

하와이에서 그녀의 단 한 번뿐인 제사를 지낸다는 내용의 소설이다. 챕터마다 심시선의 인터뷰나 그가 쓴 글의 한 단락이 앞부분에, 그녀의 자손들이 살면서 경험한 일, 그 일을 통해 느낀 감정 등에 대한 묘사가 뒷부분에 그려져 있다. 소설 속 현재에서 이미 죽은 심시선은 그녀의 자손들을 통해 영원히 살아 있는 것처럼 느껴진다. 그녀의 가족들은 모두 피가 섞였든 섞이지 않았든, 그녀의 아름답고 따뜻한 자장 속에서 살았고, 그 덕분에 비록 심시선의 육체는 죽어 사라졌음에도 그녀의 기질과 성정이 그 자손들 속에 남아 있게 된다.

책을 읽는 내내 나는 심시선이라는 인물이 소설 속 인물이라는 것에 큰 안도를 했다. 실제로 존재하는 사람이라면 내 곁에는 왜 심시선 같은 어른이 없었는지, 너무 분해서 매일 밤 울고 싶을 것이므로.

나 역시 두 번째 시집《이건 우리만의 비밀이지?》에서 나만의 방식으로 '가계'에 대한 고민과 천착을 드러냈다. 시를 잘 읽지 않는 독자들이 즐기기에 내 시는 조금 어둡고 불편할지도 모르겠다. 읽기에 편안하고 아름답고 따뜻하게 시를 쓰는 건 아직 내 능력 밖의 일이다. 지금껏 내가 겪은 세상은 너무 우울하고, 불안하고, 폭력적이다. 심지어 내 몸에서 일어나는 일조차 너무 큰 불편과 폭력으로 다가오니까. 나는 내가 겪은 일과 내 감정에 대해 글을 쓰고 있다. 하고 싶은, 해야만 하는 말을, 할 수 있는 방법으로 해나가고 있다.

그런데 요즘 한 가지 고민이 생겼다. 나야 작가로 살기로 결심한 사람이니 내 마음을 글로 쓰면 그만이지만, 내가 쓰는 글이 내 가족들에게, 특히 나의 유전자를 물려받아 세상에 나온 너에게 어떤 문양을 남기게 될지 두려워지기 시작한 것이다. 너는 지금 여섯 살, 아직 글을 모르는 너는 내 책을 손으로 만지고, 살펴보고, 펼럭이는 것을 좋아하는데. 거기 담긴 내용을 네가 읽을 수 있는 날이 되면 너는 뭐라고 말할까, 너는 나를 어떻게 생각할까.

아무리 자전적인 내용을 담고 있다 하더라도 문학은 기본적으로 허구다. 자신의 삶에서 건져 올린 것들로 뭔가 '새로운 것'을 만들어내는 것이 작가의 일이므로. 삶의 한 부분을 과장하기도, 생략하기도 하면서 낯설고 새로운 것을 만들어내려고 부단히 노력하는 게 작가의 일이다. 그러나 아무리 내 작품은 내가 '만든' 이야기라고 말했다 하더라도 내 가족들은 내 작품으로 인해 상처를 받은 적이 있다. 아버지가 그랬고, 어머니가 그랬다. 남편은 내 작품을 읽지 않지만 언젠가 읽는 날이 온다면 마음 한구석이 불편할 수 있으리라 생각한다.

그럼 너는 어떨까? 내 삶에서 건져낸 이 새로운 세계를, 너는 얼마만큼 받아들일 수 있을까? 《시선으로부터,》에서 그 힌트를 얻었다. 현실에는 존재하지 않는 심시선 작가에게서 많은 위로와 응원을 받았다. 어쩌면 내가 가고 싶은 길을 본 걸 수도 있겠다.

심시선은 자신의 인생과 예술에 대한 고민을 숨기지 않고 드러냈다. 자신이 겪은 폭력과 사랑을 가감 없이 쓰고, 말했다. 그녀가 거기까지 갔기 때문에, 그녀의 자손들은 그녀가 멈춘 거기서부터 한 발자국 더 멀리 갈 수 있었다. "나는 여기까지 왔어. 내가 할 수 있는 최선을 다했어. 너는 여기서부터 더 멀리, 더 자유롭게 가는 거야" 하고 내 등을 툭툭 쳐주는 응원. 내 시집이, 에세이가, 누군가에게 그런 응원을 주는 작품으로 남길 바란다. 특히 너에게 그런 존재가 될 수 있기를.

에세이를 쓰기 시작하면서 '글'에 대한 생각이 좀 더 자유로워졌다는 것을 부정할 수 없겠다. 시만을 쓰고 있을 때 역시 글의 힘을 믿고 있었지만 나라는 존재에 대해 시로 한 번, 에세이로 또 한 번 기록하니 스스로에 대해 좀 더 알게 된다. 어쩌면 이런저런 장르의 힘을 빌려 내 인생에 대해 무슨 변명이라도, 어떤 핑계라도 대고 싶은지도 모르겠다.

흰 종이 앞에 서면 언제나 두렵다. 두렵기 때문에 오래 서성이고 많이 고민한다. 기왕이면 아름다운 변명을, 그래서 가치가 높은 핑계를 대고 싶다. 좋은 글을 써야지. 네가 읽을 만한 가치가 있는 시를, 에세이를. 언젠가 내 글을 읽게 될 네가 부끄럽지 않게. 어느 날 네가 문득 "스스로 빛나는 흰 빛"을 보게 될 그 순간을 그려본다. 그때 만날 멋진 "하얀 철쭉" 같은 그런 글을 쓰고 싶다.

《시선으로부터,》의 가족들이 '심시선 작가'로부터 걸어 나가 각자의 길을 간다면, 너는 '지혜로부터' 걷게 될 것이다. 훗날 네가 너의 나에 대해 "아, 그는 참 좋은 시작이었습니다. 나는 내 방식대로 그를 그리워하겠습니다"라고 말할 수 있기를 바란다. 심시선의 자손들이 시선을 기리는 각자만의 방식을 고안해냈듯, 너도 나를 기리는 너만의 방법을 찾을 수 있으면 좋겠다. 내가 죽는다면, 너는 정말 많이 슬프겠지. 아마 그 슬픔 때문에 내가 죽는 날이 오랫동안 너의 기억에 남게 되겠지. 하지만 나의 죽음으로 인한 네 슬픔은 시간이라는 존재가 신비롭고 고맙게도 어딘가로 데려가 줄 것이다. 살다 보면 문득 그 슬픔이 네 곁에 다가와 있기도 하겠지만, 그뿐일 것이다.

그러니 죽은 사람을 기리는 날이 오면, 절대로 제사는 지내지 말고 나와의 추억을 하나 정도 기억해주길. 가능하다면 그것을 글로 남기는 것도 좋겠다. 꼭 아름다운 추억이 아니라도 나에 대한 기억이라면 무엇이든 좋을 것 같다. 네가 써내려간 나는 어떤 사람일지 궁금하다. 물론 글쓰기에 대한 부담은 내려놓기를. 글이 아니라 그 어떤 방법으로든 좋다. 나는 죽었지만 그 글(또는 다른 작품)로 인해 너의 내부가 다시금 단단해질 것임으로. 그렇게 된다면 나는 죽어서도 너를 키울 수 있는 영광을 얻겠지. 그거면 된다. 죽은 자를 기리는 방법으로 그만한 일은 또 없을 것이다.

내 딸, 나를 너의 분신처럼 인지했던 어린 너, 나에게서 벗어나기 위해 안간힘이었던 젊은 너, 그리고 나를 기억해줄 유일한 너. 너는 나의 따뜻한 둥지이자, 알이자, 동지다. 지혜로부터, 힘차게 날아가길. 그리고 다시는 돌아보지 않길. '부터'라는 말은 거기서 출발해 완전히 새로운 곳으로 간다는 뜻이니까. 네가 내려앉을 그곳'까지'. 너의 비행에는 언제나 나의 응원과 사랑이 따라갈 거야. 사랑하는 내 딸, 너를 낳을 수 있어서 영광이었다.

결국 이 사랑이 우리를 구할 거야

나는 요리하는 것을 정말 싫어한다. 애초에 재능이 없는 데다가 잘하고자 하는 의지도 없다. 누군가 내가 만든 음식을 먹고 "맛있다"고 말해주는 일도 잘 없거니와 그렇게 말한다 해도 별다른 감흥이 없다. 이건 그저 나라는 사람의 여러 가지 특성 중 하나다.

음식을 잘하지 못하고 요리를 즐기지 않는다는 것이 불편한 일이라는 건 결혼을 하고 알게 되었다. 21세기에 무슨 소리를 하는 거냐, 부부 중 잘하는 사람이 하면 되지 않냐는 말이 백, 아니 만 퍼센트 맞는 소리다. 하지만 아직도 요리라는 기능은 아내, 어머니에게는 '기본' 사항이고, 남편 또는 아버지에게는 '부가' 사항으로 보이는 경우가 많다. 아내가 요리를 잘하면 기본에 충실한 것이고 남편이 요리를 잘하면 대단한 일처럼 추켜세우니까.

기혼자로 사는 10년 내내 요리에 대해 크고 작은 스트레스를 받고 있다. 그래도 '아내'까지는 그럭저럭 "난 요리 말고 잘하는 게 많잖아" 하고 넘길 수 있었다. 그런데 '어머니'가 되니 완전히 얘기가 달라졌다. 아이의 성장과 발육에 필수적인 밥, 음식. 그것을 공급하는 방식으로써의 요리는 스트레스의 문제가 아니라 죄책감의 영역까지 그 영향력을 드리웠기 때문이다.

요리를 못하는 엄마, 음식을 만드는 것에 관심이 없는 엄마는 마치 아이의 성장에 관심이 없거나 노력을 하지 않는 것으로 비춰지기 십상이었다. 게다가 내 딸은 작게 태어나 여섯 살이 된 지금까지도 또래 중 가장 마르고 가장 작다. 딸이 음식에 대한 흥미 자체가 별로 없기도 해서 새로운 음식에 도전하는 것도 여간 어려운 게 아니다. 가뜩이나 음식을 하는 게 힘들고 어려운데 아이가 잘 먹지 않으니 곤혹스럽기까지 하다. 나름 요리를 한답시고 낑낑거리며 만들어내면 아이는 먹기 싫다며 입을 다문다. 그렇다고 어른처럼 매끼 '때우는' 형태의 식사를 할 수도 없는 거 아닌가, 한참 클 시기에.

마음이 이렇다 보니 식사 때마다 전쟁이 따로 없었다. 결국 필수 영양소가 들어간 식단이라면 딸이 좋아하는 것으로 먹인다는 나름의 타협점을 정했다. 현재 딸이 가장 좋아하는 반찬은 백김치와 구운 고기. 웃어야 하나 울어야 하나. 매번 똑같은 반찬만 주는 것이 또 못내 미안해 새로운 반찬을 더해주면 그것은 손도 대지 않으니, 울화통이 터지지만 어쩌겠는가.

그러던 어느 봄. 오랜만에 청명하게 맑은 하늘이 펼쳐진 날. 딸이 창밖으로 보이는 구름을 한번 보고, 백김치를 한번 쳐다보더니 말했다. "음~ 이 김치는 하얀 구름 맛이야. 이 고기는 천사의 맛이고. 엄마 최고!" 그 순간 나는 이 아이가 나에게 얼마나 큰 위로인지를 새삼 깨달았다. 비록 대단한 음식은 아니지만 소박하게나마 준비해서 딸에게 먹이는 지금 이 순간이 소중하다는 것. 그것만으로 이미 엄마는 최고라는 것. 아이가 보기에 가장 좋아 보이는 것에 빗대어 지금 우리의 순간을 표현한다는 것.

요리에 대해서, 가사 분배의 불균형에 대해서, 모든 죄책감을 지고 살아가는 어머니라는 존재에 대해서, 그 부조리에 대해서 울분을 토하는 나 역시 나다. 그런 나를 부정하는 것이 아니다. 다만 그 마음에 밀려 아이와 함께하는 '현재'를 잊었던 게 아닐까.

나는 오물오물 작은 입으로 밥을 씹어 넘기는 중인 아이를 꽉 끌어안았다. 그 순간의 감각을 반드시 기억하고 싶었다. 너는 내게 늘 지금 이 순간을, 현재를 살라고 해주는구나. 지금, 이 순간, 우리를, 사랑할 수 있게 해주는구나.

매번 너를 당해낼 수가 없다. 과거의 잘못이나 미래의 걱정으로 무너지는 나를 붙들어주는 현재의 너. 작고 연약하지만 강인한 나의 딸. 아마 나의 어머니에게도 내가 그런 존재였으리라. 내가 너에게 느끼는 놀라움을 내 어머니는 나에게서 발견했었겠지. 내리사랑은 있어도 치사랑은 없다고들 한다. 하지만 나는 매번 너에게서 넘치는 치사랑을 받는다.

우리의 사랑은 위에서 아래로 흐르는 물처럼 보이지만 어쩌면 더 큰 흐름인 걸까. 끝을 모른다는 저 바다처럼. 이 조류가 나를 어디로 데려갈지는 알 수 없다. 딸과 나, 딸인 나와 딸인 어머니, 우리 모두 이 흐름의 시작과 끝을 알 수 없으니까. 하지만 하나 분명한 건, 결국 이 사랑이 나를 구할 것이라는 것. 삶의 파도에 휩쓸린 나를 건져 올리는 것은 다른 무엇도 아닌 우리들의 사랑이리라.

내가 감히 너를 사랑하고 있어

초판 1쇄 인쇄 2023년 11월 29일
초판 1쇄 발행 2023년 12월 13일

지은이 강지혜
펴낸이 이승현

출판1 본부장 한수미
와이즈 팀장 장보라
편집 선세영
디자인 윤정아
표지 그림 백두리

펴낸곳 ㈜위즈덤하우스   **출판등록** 2000년 5월 23일 제13-1071호
주소 서울특별시 마포구 양화로 19 합정오피스빌딩 17층
전화 02) 2179-5600   **홈페이지** www.wisdomhouse.co.kr

ⓒ 강지혜, 2023

ISBN 979-11-7171-047-8 03810